월드클래식 라이팅북

필사의 힘

헤르만 헤세처럼 【싯다르타】 따라쓰기

20___ 년 ___ 월 _____ 필사하다

월드클래식 라이팅북

필사의 힘

헤르만 헤세처럼 【싯다르타】 따라쓰기

미르북
컴퍼니

"오늘도 일곱 자루의 연필을 해치웠다.
필사하십시다, 지금 당장!"

어니스트 헤밍웨이

필사는 "손가락 끝으로
고추장을 찍어 먹어 보는 맛!"

시인 안도현

첫 장을 펼치며 . . .

우리 시대의 가장 위대한 정신적 스승 싯다르타
동양 사상에 대한 헤세의 관심과 애정이 응축된 소설

《싯다르타》는 헤르만 헤세가 거의 일 년 반 동안 창작이 불가능할 정도로 심한 우울증을 앓다가 정신 치료를 받고 발표한 작품입니다. 동서양의 정신적 유산을 시적으로 승화시킨 일종의 종교적 성장 소설이지요. 이 작품은 영원을 향한 갈망과 인간의 내면을 깊이 파고드는 초월에 대한 의지로 뛰어난 정신과 아름다운 정서를 단순하고도 서정적인 문체로 담아냈습니다.
승리자, 긍정하는 자, 극복하는 자, 싯다르타의 생애로 형상화한 내면의 자아를 완성해 가는 성스러운 구도의 여행, 헤르만 헤세의 지혜와 사상이 녹아든 걸작을 직접 적어 보며 내면의 자아를 찾아보세요.
저마다의 삶은 자아를 향해 가는 길이며, 그 길을 추구해 갑니다. 지금껏 그 어떤 사람도 완전히 자기 자신이 되어 본 적이 없었음에도 누구나 자기 자신이 되려고 애쓰고 있습니다. 너무나 바쁜 환경이지만 모두는 끝없이 노력합니다. 어떤 이는 모호하게, 어떤 이는 좀 더 투명하게,

누구든지 그 나름대로 최선의 노력을 하고 있는 것입니다.
그렇게 우리는 각자 스스로의 고민에 부딪혀 치열하게 답을 찾을 필요가 있습니다. 《싯다르타》를 필사하는 것은 어쩌면 그야말로 필사적인 노력이 될 것입니다. 어렵지만 그래도 언젠가 한 번은 꼭 읽어야 할, 자신의 길과 삶에 대한 깊은 생각에 잠기게 하는 작품입니다. 이제 펜을 들고 나만의 깊은 내면을 들여다보며 진정한 나와 만나는 시간을 가져보시기를 바랍니다.
필사란 문학 작품의 울림에 감응하며, 되새기며, 관조하며 내 마음속에 들이는 행위입니다. 헤르만 헤세의 《싯다르타》에서 받은 위로와 공감을 되새기며 필사하는 것은 멋진 경험이 될 것입니다. 손과 마음으로 기억해야만 하는 헤르만 헤세의 빛나는 문장이 여러분의 영혼에 위로와 평안을 주기를 바랍니다.

이렇게 따라써 보세요

눈으로 읽고 손으로 한 글자 한 글자 또박또박 써 내려갑니다. 문장을 천천히 음미하면서 읽어 보세요. 그리고 자신이 헤르만 헤세가 되었다고 생각하고 천천히 따라써 보세요. 《싯다르타》를 따라쓰기 하며 자신의 내면과 만나는 순간 내가 어떤 삶을 살고 있는지, 그 오랜 고민에 대한 답을 얻게 될지도 모릅니다. 필사의 힘을 온몸으로 느끼실 수 있습니다. 따라쓰시다가 마음에 드는 문구가 나오면 밑줄을 그어도 좋습니다. 지금 바로 한 페이지를 채워 볼까요?

브라만의 아들

브라만의 아름다운 아들이자, 젊은 매인 싯다르타는 집 그늘에서, 나룻배들이 있는 강독 양지바른 곳에서, 사라수 그늘에서, 무화과나무 그늘에서 브라만의 아들인 친구 고빈다와 함께 성장했다. 그가 미역을 감을 때, 목욕재계를 할 때, 신성한 제물을 올릴 때만 태양은 강가에 있는 싯다르타의 빛나는 양어깨를 길색으로 물들였다. 망고 나무 숲에서 남자아이들과 뛰어놀 때, 어머니가 노래할 때, 신성한 제물을 드릴 때, 학자인 아버지의 가르침을 받을 때, 현자들이 선문답을 할 때면 그의 검은 두 눈에는 그림자가 흘러내렸다. 싯다르타는 이미 오래전부터 현자들의 선문답에 참여했고, 고빈다와 함께 논쟁술 연습을 했으며, 고빈다와 함께 관찰하는 기술에, 몰입 수행하는 일에 매진했었다. 그는 벌써 말 중의 말인 옴을 소리 없이 말하는 법을 터득하였었으니, 숨을 들이쉬면서 소리 없이 자신의 안에서 옴을 말할 수 있었고, 숨을 내쉬면서 소리 없이 자신 밖으로 옴을 말할 수 있었다. 싯다르타의 이마는 명철하게 사고하는 정신의 광채로 에워싸였다. 어느덧 그는 자기 본성의 심부에서 대우주와 일체가 되어 불멸하는 아트만을 느끼는 법을 터득하고 있었다.

싯다르타의 아버지는 잘 깨우치면서도 지식욕에 불타는 아들에 대

사마나들 곁에서

그날 저녁 그들은 고행자들, 바싹 마른 사마나들을 따라잡았다. 그리고 그들에게 동행하고 싶다는 뜻을 내비치며 순종을 자청하였다. 사마나들은 그들을 받아들였다.

싯다르타는 길에서 만난 어느 가난한 브라만에게 자신의 옷을 나누어 주었다. 그는 이제 샅바구니를 가리는 요포와 꿰매지 않은 흙색으로 된 가사만 어깨에 걸쳤을 뿐이었다. 그는 하루에 단 한 번만 먹었고 불로 요리한 음식은 결코 먹지 않았다. 그는 보름 동안 단식했다. 이십팔 일간 단식도 했다. 허벅지와 뺨의 살이 빠졌다. 훨씬 커진 그의 두 눈에서 뜨거운 꿈들이 불타올랐다. 앙상한 손가락에서는 손톱이 길게 자랐고, 턱에는 거칠고 덥수룩한 수염이 자랐다. 여인들을 마주칠 때면 그의 시선은 얼음처럼 차가워졌다. 멋지게 차려입은 사람들에 섞여 시내를 지날 때면 그의 입은 경멸에 차 움찔거렸다. 그는 상인들이 장사하는 것을, 귀족들이 사냥하러 가는 것을, 상을 당한 이들이 고인때문에 통곡하는 것을, 매춘부들이 몸을 파는 것을, 의사들이 병자들을 위해 애쓰는 것을, 사제들이 파종 날을 정하는 것을, 연인들이 사랑하는 것을, 어머니들이 자식들에게 젖을 먹이는 것을 보았다. 그가 보기에 모든 것이 가치 없는 일이었다. 모든 것이 거짓이었고, 모

Q 따라쓰기를 하면 글쓰기 능력이 향상되나요?

A 네. 그렇습니다. 전반적으로 글쓰기 능력이 향상됩니다. 따라쓰기를 미술에 비유하자면 마치 화가 지망생이 명화를 따라 그리는 것과 같다고 생각하시면 됩니다.

뛰어난 문학 작품을 처음부터 끝까지 따라쓰게 되면 글쓴이가 사용한 어휘, 문장 부호, 문체 그리고 이것들이 모여 이루어진 문장을 자연스레 익히게 됩니다. 그러므로 글쓰기에 대한 자신감은 물론이고 전체적인 내용을 구성하는 능력까지 키울 수 있게 됩니다.

Q 소설 전체를 따라쓰는 것과 일부를 따라쓰는 것 중 어떤 것이 더 효과적인가요?

A 이번에도 미술에 비유해 보겠습니다. 요하네스 베르메르의 〈진주 귀걸이를 한 소녀〉를 좋아하는 화가 지망생이 그림 전체가 아닌 그림 일부분만을 따라 그렸다고 상상해 보십시오. 이 그림이 수백 년 동안 사랑받고 있는 이유는 소녀의 눈망울이 몹시 매혹적이기 때문입니다. 하지만 그림 전체가 아니라 소녀의 눈만 그린다면 눈 아래의 오뚝한 코와 부드럽게 빛나는 붉은 입술은 볼 수 없을 테고 당연히 그림에서 깊은 감흥을 느낄 수 없습니다.

따라쓰기도 마찬가지입니다. 소설 전체를 따라 써야 문장의 장단점을 파악해 장점을 극대화하고 단점을 걷어 낼 수 있습니다. 특정 단락의 문장이 뛰어나다고 해도 그것은 어디까지나 완성된 한 편의 작품 속에서 다른 단락들과 조화를 이루어야 더욱 빛나는 것입니다.

Q 어떤 분이 이르기를 따라쓰기는 자신의 색깔을 잃을 수 있으니 지양해야 한다고 하는데 이 부분에 대해서 조언을 듣고 싶습니다.

A 뛰어난 문장가들의 문장을 따라쓰다 보면 비슷한 유형의 문장을 자신의 글을 쓸 때에도 쓰게 되는 경우가 생길 수 있습니다. 하지만 그것은 짧은 시기에 불과할 뿐이고 끊임없이 글쓰기 연습과 독서를 병행하면 자신만의 색깔을 찾을 수 있습니다.

Q 따라쓰기를 하면 정말 마음이 가라앉고 힐링이 되나요?

A 컬러링북에 색깔을 채워 나가다 보면 마음이 고요해지고 그것에 더욱 몰입할 수 있게 됩니다. 따라쓰기도 마찬가지입니다. 다만 한 가지 더 좋은 점이 있다면 글쓰기 능력도 향상된다는 것입니다.

Q 작가가 되고 싶은데 어느 정도로 따라쓰기를 해야 할까요? 하루에 얼마나 시간 투자를 하면 되는지 궁금합니다.

A 따라쓰기는 순전히 각자의 역량에 맞춰 할 수 있는 작업입니다. 그러니 너무 지치지 않을 정도로 쓰는 게 좋습니다. 다만 하루도 빠집없이, 5분이라도 시간을 투자해서 매일 쓰는 것이 좋습니다. 이런저런 사정을 핑계로 띄엄띄엄 쓴다면 곧 지루해지고 중간에 포기할 가능성이 높아집니다.

Q 한국 작품이 아니라 외국 작품의 번역물을 선택해도 상관없는 건가요?

A 우리가 외국 작품을 읽을 때 번역본을 읽는 것처럼, 따라쓰기도 원문을 따라쓰기 어렵다면 번역본을 따라쓰는 것도 훌륭한 방법입니다. 다만 여러 개의 번역본을 비교해 보고, 쉽게 읽히거나 문체가 마음에 드는 번역본을 선택하는 것이 좋습니다.

싯다르타

1부

브라만의 아들

 브라만[1]의 아름다운 아들이자, 젊은 매인 싯다르타는 집 그늘에서, 나룻배들이 있는 강둑 양지바른 곳에서, 사라수[2] 그늘에서, 무화과나무 그늘에서 브라만의 아들인 친구 고빈다와 함께 성장했다. 그가 미역을 감을 때, 목욕재계를 할 때, 신성한 제물을 올릴 때면 태양은 강가에 있는 싯다르타의 빛나는 양어깨를 갈색으로 물들였다. 망고 나무 숲에서 남자아이들과 뛰어놀 때, 어머니가 노래할 때, 신성한 제물을 드릴 때, 학자인 아버지의 가르침을 받을 때, 현자들이 선문답을 할 때면 그의 검은 두 눈에는 그림자가 흘러들었다. 싯다르타는 이미 오래전부터 현자들의 선문답에 참여했고, 고빈다와 함께 논쟁술 연습을 했으며, 고빈다와 함께 관찰하는 기술에, 몰입 수행하는 일에 매진했다[3]. 그는 벌써 말 중의 말인 옴[4]을 소리 없이 말하는 법을 터득하였으니, 숨을 들이쉬면서 소리 없이 자신의 안에서 옴을 말할 수 있었고, 숨을 내쉬면서 소리 없이 자신 밖으로 옴을 말할 수 있었다. 싯다르타의 이마는 명철하게 사고하는 정신의 광채로 에워싸였다. 어느덧 그는 자기 본성의 심부에서 대우주와 일체가 되어 불멸하는 아트만[5]을 느끼는 법을 터득하고 있었다.
 싯다르타의 아버지는 잘 깨우치면서도 지식욕에 불타는 아들에 대

한 기쁨이 마음속에서 솟아올랐다. 그는 아들의 내면에 위대한 현자요, 승려인 브라만 중의 최고 수장이 성장하고 있는 것을 보았다.

어머니가 아들을 보았다. 아들은 성큼성큼 걸을 때면 강하고 아름다운 자요, 날씬한 다리로 걸어가는 자였다. 완벽하고 예의 바른 태도로 자기에게 인사하는 아들 싯다르타가 앉고 일어서는 것을 볼 때면 그녀의 가슴속에서도 더할 나위 없는 기쁨이 솟아올랐다.

싯다르타가 반짝반짝 빛나는 이마를 드러낸 채, 왕과 같은 눈매를 하고서 늘씬한 허리를 뽐내며 도성 이 골목 저 골목을 거닐 때마다 브라만의 젊은 딸들 마음속에 사랑이 움직거렸다.

하지만 브라만의 아들인 그의 친구 고빈다가 그 모든 이들보다도 그를 더 사랑했다. 고빈다는 싯다르타의 눈과 풍미 있는 목소리를 사랑했고, 싯다르타의 걸음걸이와 완벽하게 예의를 갖춘 행동을 사랑했고, 싯다르타가 행동하고 말하는 모든 것을 사랑했다. 고빈다는 싯다르타의 정신, 고매하고 열렬한 사상, 불같은 의지, 높은 소명감을 가장 사랑했다. 그는 싯다르타가 결코 평범한 브라만이나 부패한 제관, 주문을 외어대는 탐욕스러운 장사꾼이나 자만심에 가득 찬 공허한 변설가, 사악하고 교활하기 그지없는 승려가 되지 않을 것이며, 무리 가운데 마냥 순하고 어리석은 양이 되지도 않을 것이라는 사실을 잘 알고 있었다.

아니, 고빈다 역시 그런 사람, 허다한 그런 브라만이 되고 싶지 않았다. 그는 사랑하는 자요, 훌륭한 친구인 싯다르타를 따르고자 했다. 그래서 싯다르타가 언젠가 성불하게 된다면, 언젠가 찬란한 빛을 발하는 곳으로 입멸하게 된다면, 고빈다는 친구로서, 동반자로서, 하인으로서, 창을 들어 주는 시종으로서, 그림자로서 그를 따르려고 했다.

이렇듯 모든 이들이 싯다르타를 사랑했다. 그는 모든 이들에게 기쁨을 안겨 주었고, 모든 이들에게 그는 즐거움이었다.

하지만 싯다르타는 자신에게 기쁨을 주지 못했고, 스스로에게 즐거움이 되지 못했다. 무화과나무 정원의 장밋빛 길을 걸으면서, 숲의 푸르른 그늘에 앉아 생각에 잠기면서, 매일 속죄의 목욕을 할 때 손발을 씻으면서, 그늘이 짙게 드리워진 망고 나무 숲에서 제사를 올리면서, 빈틈없이 예의 바른 몸가짐을 하여 모든 이들에게 사랑받으며 기쁨이 되었지만, 정작 자신은 아무런 기쁨을 느끼지 못했다. 몽상과 끊임없는 사념이 강물로부터 흘러나왔고, 밤하늘의 별들로부터 반짝거리며 다가왔고, 햇빛으로부터 녹아내렸다. 여러 가지 꿈이, 영혼의 불안감이 제를 올릴 때 연기가 되어 다가왔고, 《리그베다》[6]의 시구에서 뿜어 나왔으며, 연로한 브라만들의 가르침에서부터 뚝뚝 떨어졌다.

싯다르타는 마음속에 불만을 품기 시작했다. 그는 아버지와 어머니의 사랑, 친구 고빈다의 사랑도 영원히 자신을 행복하게 하거나 평온

하게 하지도, 흡족하게도, 만족하게도 해 주지 못 하리라는 것을 느끼기 시작했다. 그는 존경할 만한 아버지와 여러 스승들, 현명한 브라만들이 이미 그들의 지혜 가운데 가장 좋은 것을 거의 다 자기에게 알려 주었다는 사실을, 그들이 풍부한 지식을 기다리고 있는 그의 그릇에 다 쏟아부었지만 그 그릇은 채워지지 않았음을, 정신은 만족을 얻지 못했고, 영혼은 안정을 찾지 못했으며, 마음은 평온하지 못했음을 느끼기 시작했다. 목욕재계는 좋았지만, 그것은 그냥 물일 뿐 죄업을 씻어 내지 못했고, 정신의 갈증을 치유하지 못했으며, 마음의 불안을 진정시키지도 못했다. 신께 제물을 드리고 간구하는 것은 훌륭한 일이었다. 하지만 그것이 전부인가? 제사가 행복을 가져다주는가? 그게 신들과 무슨 관계가 있는가? 세계를 창조한 것이 정말로 프라야파티[7]인가? 유일자이며 독존자인 아트만이 아닌가? 신들도 나와 너처럼 만들어진, 시간의 지배를 받는 덧없는 형상들이 아닌가? 그럼 신들을 섬기는 것은 좋은가, 옳은가, 의미 있고 가장 고귀한 행위인가? 그렇다면 다른 누구를 섬길 수 있다는 말인가? 그를, 유일자를, 아트만을 숭배하는 것 말고 누구를 숭배해야 한다는 말인가? 그리고 각자 자신 속에 지니고 있는 자아, 가장 깊은 내면, 불멸하는 마음속 이외에 다른 어디에서 아트만을 찾을 수 있는가? 그곳 말고 도대체 어디에 살고, 어디에서 그의 영원한 심장이 뛰겠는가? 그런데 이 자아, 이 가장 깊

은 심부, 이 궁극적인 부분은 어디에, 도대체 어디에 있는 것인가? 가장 지혜로운 현자들은 그것은 살이 아니고 뼈도 아니며, 사고도 아니고 의식도 아니라고 가르쳤다. 그렇다면 아트만은 도대체 어디에 있는가? 그곳으로, 자아로, 나에게로, 아트만에게 나아가는 다른 길, 애써 찾아볼 만한 보람 있는 길이 있는가? 아, 그런데 아무도 그 길을 알려 주지 않았고, 아무도 그 길을 알지 못했다. 아버지도, 스승들과 현자들도 몰랐고, 신성한 제식의 찬가들도 알지 못했다! 모든 것을 그들, 즉 브라만들과 경전들은 모든 것을 알고 있었고, 온갖 것을 알고 있으며, 모든 일에 관심을 기울였다. 세상의 창조, 언어의 생성, 음식의 생성, 들숨과 날숨의 생성, 감각 체계, 신들의 행적 등 무한히 많은 것을 그들은 알고 있었다. 하지만 유일자를 모른다면, 즉 가장 중요한 것을 모른다면 그 모든 것을 안다고 한들 무슨 가치가 있는가?

 경전에 나오는 많은 구절들, 무엇보다도 《사마베다》[8]의 《우파니샤드》[9]에 있는 훌륭한 구절들은 이 가장 깊은 심부와 궁극에 대해 분명히 말했다. "네 정신이 온 세상이다"라고 거기에 적혀 있었고, 인간은 잠잘 때, 깊은 잠에 빠질 때, 자신의 가장 깊은 심부에까지 입멸하고 아트만 안에 기거하게 된다고 적혀 있었다. 놀라운 지혜가 그 구절들 안에 담겨 있었고, 가장 지혜로운 자들의 지식이 마치 꿀벌들이 모아 놓은 꿀처럼 순수하게 그 마법적인 언어 속에 응집되어 있었다.

그렇다. 지혜로운 브라만들의 무수히 많은 후손들을 통해 모으고 보존해 놓은 깨달음에 대한 엄청난 가치는 결코 가벼이 볼 수 없는 것이다. 하지만 그 심오한 지식을 단순히 아는 데 그치지 않고, 삶으로 실천하는 데 성공한 브라만들은 어디에 있는가, 승려들은 어디에 있는가. 현자들이나 참회자들은 어디에 있는가? 아트만을 잠에서 깨워 깨어 있는 존재로, 삶으로, 한 걸음씩 내딛는 것으로, 말과 행동으로 변하도록 구현시킨 선각자는 어디에 있는가?

  존경할 만한 많은 브라만을 싯다르타는 알고 있었고, 누구보다도 순수한 존재이자, 학자를, 최고로 존경할 만한 인물인 자기 아버지를 알고 있었다. 아버지는 경탄할 만한 사람이었고, 거동은 조용하고 기품이 있었고, 생활은 청렴했으며, 말은 지혜로웠고, 두뇌에는 총명하고 고상한 사상이 깃들어 있었다. 하지만 그렇게 많이 아는 자인 아버지는 과연 열락 속에 살고 있는가, 마음의 평화를 지녔는가? 그도 역시 구도자, 목말라하는 자에 불과하지 않은가? 갈망하는 자인 아버지는 제물을 바치고, 경전을 펼치고, 브라만들과 대화를 나누면서 언제나 성스러운 샘물가에서 목을 축여야만 하지 않는가? 무엇 때문에 흠잡을 데 없는 아버지가 죄업을 씻고, 정화를 위해 노력하는 일을 매일 똑같이 새삼스럽게 반복하지 않으면 안 되는가? 그렇다면 아버지 안에는 아트만이 없고, 그 마음속에는 샘의 원천이 흐르지 않는가? 그것

을, 즉 자아 속에 흐르는 샘의 원천을 찾지 않으면 안 되며, 그것을 자기 것으로 만들어야만 한다. 그 밖의 다른 모든 것은 탐하는 것이요, 돌아가는 길이며, 길을 잃고 헤매는 것에 불과하다.

싯다르타의 사상이 이러했다. 이것이 그의 목마름이요, 이것이 그의 고뇌였다.

이따금 그는 《찬도기야 우파니샤드》 속에 있는 구절들을 암송했다.

진실로 말하건대 브라만이라는 이름은 진정한 사티얌[10]이다. 그것을 아는 자는 날마다 천상의 세계로 들어가리라.

때때로 그 천상의 세계가 가까이 있는 것처럼 보였지만, 그는 결코 그 세계에 완전히 도달해 본 적도 없었고, 한번도 그 궁극적인 갈증을 해소해 본 적도 없었다. 그리고 그가 알고 있고 가르침받는 것을 즐기는 모든 현자들과 가장 지혜로운 현자들 중에서도 그 누구도 천상의 세계에 도달해 본 사람은 없었으며, 영원한 갈증을 해소해 본 자는 아무도 없었다.

"고빈다."

싯다르타가 친구에게 말했다.

"고빈다, 사랑하는 친구여, 나와 함께 바니안나무 아래로 가서 몰입

수행을 하자."

그들은 바니안나무 아래로 가서 앉았다. 한쪽에 싯다르타가, 스무 걸음 떨어진 곳에 고빈다가 앉았다. 고빈다가 앉아서 옴을 발할 준비를 하는 동안, 싯다르타는 다음 구절을 되풀이해서 외었다.

옴은 활이며, 화살은 혼이다.
브라만은 화살의 과녁이다.
그 과녁을 확실하게 맞추어야 한다.

익숙한 몰입 수행 시간이 끝나자 고빈다는 일어섰다. 저녁이 되어 목욕재계를 할 시간이었다. 그는 싯다르타의 이름을 불렀다. 싯다르타는 대답하지 않았다. 싯다르타는 몰입에 잠겨 있었다. 두 눈은 아주 멀리 떨어진 한곳을 응시하고 있었고, 혀끝은 이 사이로 살짝 나와 있었다. 싯다르타는 숨을 쉬지 않는 것 같았다. 그렇게 몰입 상태에 빠져서 옴을 생각하며, 화살처럼 자신의 영혼을 브라만 과녁을 향해 날려보낸 채로 앉아 있었다.

어느 날 사마나[11]들이 싯다르타가 살고 있는 도성을 지나고 있었다. 순례하는 고행자들인 그들 세 남자는 바싹 말라 가냘픈 몸에, 늙지도 젊지도 않았고, 먼지가 쌓인 어깨에는 피가 묻어 있었으며, 헐벗고 햇

빛에 그을렸으며 고독에 휩싸여 있었고, 속세에는 낯설고 적대적이었으며, 인간 세계에서는 이방인과 같은 존재, 앙상한 자칼처럼 보였다. 그들의 등 뒤에서 고요한 열정의 향기가, 몰아적인 헌신의 향기가, 가차 없는 자기 부정의 향기가 바람결에 물씬 풍겨 왔다.

몰입 수행 시간이 끝난 저녁에 싯다르타가 고빈다에게 말했다.

"친구여, 내일 새벽에 싯다르타는 사마나들에게 가려고 하네. 싯다르타는 사마나가 될 걸세."

고빈다가 그 말을 들었을 때, 그리고 자기 친구의 결연한 얼굴에서 마치 시위를 떠난 화살처럼 제어할 수 없을 정도의 결의를 보았을 때 그의 얼굴은 창백해지고 말았다. 동시에, 그리고 첫눈에 고빈다는 다음과 같은 사실을 알게 되었다. '이제 시작이다. 이제 싯다르타는 자기 길을 가는 것이다. 이제 그의 운명은 싹트기 시작하는 것이다. 그의 운명과 더불어 나의 운명도 싹트기 시작하는 것이다.' 그래서 그의 얼굴은 마른 바나나 껍질처럼 창백해졌다.

"오, 싯다르타!"

그가 부르짖으며 물었다.

"자네 아버지께서 그것을 허락하실까?"

싯다르타는 마치 깨달음을 얻은 자처럼 친구를 힐끔 올려다보았다. 그는 쏜살같이 고빈다의 영혼을 꿰뚫어 보았고, 두려움을 읽었으며,

따르려고 하는 마음이 있다는 것을 읽어 냈다.

"오, 고빈다!"

그는 나지막하게 말했다.

"우리 쓸데없는 말은 하지 않기로 하세. 내일 동이 트면 나는 사마나 생활을 시작할 것이네. 더 이상 이 일에 대해서는 말하지 않기로 하세."

싯다르타는 자기 아버지가 왕골껍질로 만든 돗자리에 앉아 있는 방으로 들어가서, 누군가 자기 뒤에 있다는 것을 아버지가 느낄 때까지 서 있었다.

그 브라만은 말했다.

"싯다르타, 너니? 무슨 말을 하러 왔는지 어서 말해 보거라."

싯다르타는 이렇게 대답했다.

"허락을 받으려고요, 아버지. 내일 아버지 집을 떠나서 고행자들과 함께하기를 제가 갈망한다는 사실을 아버지께 말씀드리려고 왔습니다. 사마나가 되고 싶다는 게 저의 간절한 바람입니다. 아버지 제 바람을 막지 말아 주십시오."

브라만은 아무 말도 하지 않았다. 작은 창문에 비치는 별자리의 모습이 변할 때까지 오랫동안 침묵했다. 아들은 아무런 움직임도 없이 팔짱을 끼고 서 있었고, 아버지는 묵묵히 아무런 움직임도 없이 돗자

리에 앉아 있었다. 하늘에는 별들이 움직이고 있었다. 마침내 아버지가 말했다.

"격하고 성난 말을 하는 것은 브라만에게는 어울리지 않는다. 하지만 불쾌한 생각이 내 마음을 흔드는구나. 나는 네 입으로 그러한 요청을 하는 것을 두 번 다시 듣고 싶지 않다."

브라만은 천천히 일어났고, 싯다르타는 팔짱을 낀 채 묵묵히 서 있었다.

"너는 무엇을 기다리느냐?"

아버지가 물었다.

싯다르타가 말했다.

"아버지께서 그것을 알고 계십니다."

아버지는 언짢은 마음으로 방에서 나와, 여전히 언짢은 마음으로 잠자리로 가서 누웠다.

한 시간이 지나도 눈을 붙일 수가 없자, 브라만은 자리에서 일어나 이리저리 몇 걸음 서성거리다가 집에서 나왔다. 그가 작은 창을 통해 방 안을 들여다보니, 싯다르타는 조금도 움직이지 않고 팔짱을 끼고 서 있었다. 싯다르타의 웃옷이 희미하게 빛을 발하고 있었다. 마음이 불안하여 아버지는 잠자리로 돌아갔다.

다시 한 시간이 지나도 눈을 붙일 수가 없자, 브라만은 자리에서 일

어니 이리저리 몇 걸음 서성거리다가 밖으로 나와 달을 바라보았다. 그가 작은 창을 통해 방을 들여다보니, 싯다르타는 조금도 움직이지 않고 팔짱을 끼고 서 있었다. 달빛이 그의 마른 종아리를 비추고 있었다. 마음이 불안하여 아버지는 다시 잠자리로 돌아갔다.

그리고 그는 한 시간 뒤에도, 두 시간 뒤에도 다시 밖으로 나와 작은 창문을 통해 방을 들여다보았고, 싯다르타가 달빛 속에, 별빛 속에, 어둠 속에 서 있는 것을 보았다. 그렇게 아버지는 매시간마다 밖으로 나와서 묵묵히 방 안을 들여다보았고, 조금도 움직이지 않고 서 있는 싯다르타를 보았다. 아버지의 마음은 분노로 가득 찼고, 불안으로 가득 찼으며, 두려움으로 가득 찼고, 고뇌로 가득 찼다.

그리고 동이 트기 전, 밤이 끝나 갈 무렵 그는 다시 밖으로 나와 방으로 들어갔다. 그곳에는 낯설어 보이고 커 보이는 젊은이가 서 있었다.

"싯다르타."

그가 물었다.

"무엇을 기다리고 있느냐?"

"아버지께서는 제가 무엇을 기다리는지 알고 계십니다."

"너는 날이 밝고, 정오가 되고, 저녁이 될 때까지 여전히 그렇게 서서 기다릴 것이냐?"

"저는 서서 기다리겠습니다."

"넌 지칠 것이다, 싯다르타."

"저는 지칠 것입니다."

"너는 잠들게 될 것이다, 싯다르타."

"저는 잠들지 않을 것입니다."

"넌 죽게 될 것이다, 싯다르타."

"저는 죽게 될 것입니다."

"넌 아비에게 복종하기보다는 차라리 죽기를 바라는 것이냐?"

"싯다르타는 늘 아버지께 복종해 왔습니다."

"그렇다면 네 계획을 포기할 것이냐?"

"싯다르타는 아버지께서 말씀하시는 것을 행하게 될 것입니다."

아침의 첫 햇살이 방으로 들어왔다. 브라만은 싯다르타의 무릎이 가볍게 떨리는 것을 보았다. 하지만 그는 싯다르타의 얼굴에는 아무런 흔들림이 없고, 두 눈은 먼 곳을 응시하고 있는 것을 보았다. 그때 아버지는 싯다르타가 이제 더 이상 자기 곁에, 그리고 고향에 머무르지 않을 것이라는 사실을 깨달았다. 아들이 아비를 떠났다는 사실을 깨달았다.

아버지는 싯다르타의 어깨에 손을 댔다.

"너는."

그가 말했다.

"숲으로 가서 사마나가 되어라. 숲에서 열락을 얻으면 와서 내게 열락을 가르쳐다오. 실망을 하거든 돌아오너라. 그리고 우리 함께 다시 신들을 섬기자꾸나. 이제 가거라. 그리고 어머니께 입맞춤을 하고, 네가 어디로 가는지 말씀드려라. 강으로 가서 첫 번째 목욕재계를 할 시간이 되었구나."

그는 아들의 어깨에서 손을 거두고는 밖으로 나갔다. 싯다르타는 걸음을 떼며 잠시 휘청거렸다. 그는 간신히 사지를 지탱하고서, 아버지에게 절을 하고, 어머니에게 가서 아버지가 말한 대로 했다.

이른 아침, 그가 굳은 다리로 아직 고요에 잠겨 있는 도성을 떠나려 할 때, 도성의 마지막 오두막 옆에서 웅크리고 있던 그림자 하나가 벌떡 일어나더니 그 순례자에게 합류했다. 고빈다였다.

"자네가 왔군."

싯다르타가 말하며 미소를 지었다.

"그래, 내가 왔네."

고빈다가 말했다.

사미니들 곁에서

그날 저녁 그들은 고행자들, 바싹 마른 사마나들을 따라잡았다. 그리고 그들에게 동행하고 싶다는 뜻을 내비치며 순종을 자청하였다. 사마나들은 그들을 받아들였다.

싯다르타는 길에서 만난 어느 가난한 브라만에게 자신의 옷을 나누어 주었다. 그는 이제 사타구니를 가리는 요포와 꿰매지 않은 흙색으로 된 가사만 어깨에 걸쳤을 뿐이었다. 그는 하루에 단 한 번만 먹었고, 불로 요리한 음식은 결코 먹지 않았다. 그는 보름 동안 단식했다. 이십팔 일간 단식도 했다. 허벅지와 뺨의 살이 빠졌다. 훨씬 커진 그의 두 눈에서 뜨거운 꿈들이 불타올랐다. 앙상한 손가락에서는 손톱이 길게 자랐고, 턱에는 거칠고 덥수룩한 수염이 자랐다. 여인들을 마주칠 때면 그의 시선은 얼음처럼 차가워졌다. 멋지게 차려입은 사람들에 섞여 시내를 지날 때면 그의 입은 경멸에 차 움찔거렸다. 그는 상인들이 장사하는 것을, 귀족들이 사냥하러 가는 것을, 상을 당한 이들이 고인 때문에 통곡하는 것을, 매춘부들이 몸을 파는 것을, 의사들이 병자들을 위해 애쓰는 것을, 사제들이 파종 날을 정하는 것을, 연인들이 사랑하는 것을, 어머니들이 자식들에게 젖을 먹이는 것을 보았다. 그가 보기에 모든 것이 가치 없는 일이었다. 모든 것이 거짓이었고, 모

든 것이 악취를, 거짓의 악취를 풍겼다. 모든 것은 의미 있고 행복하며 아름다운 것처럼 가장한 듯 보였다. 그 모든 것은 어쩔 수 없이 썩어 없어질 것이었다. 세상은 쓰고, 인생은 번뇌였다.

싯다르타에게는 오직 한 가지 목표만이 있었다. 바로 해탈이었다. 갈증에서 벗어나고, 욕망에서 벗어나고, 꿈에서 벗어나고, 기쁨과 슬픔에서 벗어나는 것이었다. 자아를 죽이는 것, 더 이상 자아에 갇히지 않는 것, 마음을 텅 비운 상태에서 평온을 찾는 것, 자아를 초탈하여 사유하는 가운데 기적을 아는 것, 그것이 그의 목표였다. 일체의 자아가 극복되고 사멸될 때, 마음속 모든 욕망과 충동이 침묵할 때, 그때야 비로소 가장 궁극적인 것이, 자아를 초탈한 본질 속 가장 깊은 것이, 가장 위대한 비밀이 깨어날 것이었다.

싯다르타는 수직으로 쏟아지는 햇살을 받으며 묵묵히 서 있었다. 온몸이 고통으로, 갈증으로 타오르면서도 더 이상 고통과 갈증을 느끼지 못할 때까지 서 있었다. 비가 내릴 때에도 그는 묵묵히 서 있었다. 빗방울이 머리에서부터 얼어붙은 어깨 위로, 얼어붙은 엉덩이와 다리로 흘러내렸지만, 고해자는 어깨와 다리의 차가운 감각이 느껴지지 않을 때까지, 어깨와 다리가 침묵할 때까지, 진정될 때까지 서 있었다. 싯다르타는 묵묵히 가시덤불 속에 웅크리고 앉아 있었다. 화끈거리는 살갗에서 피가 흘러내렸고, 종기에서는 고름이 뚝뚝 떨어졌

다. 그런데도 싯다르타는 꼿꼿하게 가만히 있었다. 더 이상 피가 흐르지 않을 때까지, 더 이상 아무것도 찌르지 않는다고 느껴질 때까지, 더 이상 아무것도 화끈거리지 않는다고 느껴질 때까지 몸 하나 움직이지 않고 멈추어 있었다.

싯다르타는 정좌하고서 호흡을 줄이는 법을 배웠고, 호흡을 거의 하지 않고도 견디는 법을 배웠으며, 마침내 호흡을 멈추는 법을 배웠다. 그는 호흡을 줄이면서 심장을 진정시키는 법을 배웠고, 심장 박동 수를 줄여 나가는 법을 배웠으며, 마침내 심장이 거의 뛰지 않는 단계에 이르게 되었다.

싯다르타는 사마나들 가운데 가장 연장자에게서 가르침을 받았다. 그는 새로운 사마나의 규칙에 따라 자기 초탈 수행을 했고, 몰입 수행을 했다.

왜가리 한 마리가 대나무 숲 위를 날아가면 그는 왜가리를 자기 영혼으로 받아들여 숲과 산 위를 날아다녔고, 왜가리가 되어 물고기를 잡아먹었고, 왜가리의 굶주림을 느꼈고, 왜가리의 울음소리를 냈고, 왜가리의 죽음을 경험했다. 죽은 자칼 한 마리가 모래 해변에 쓰러져 있었다. 싯다르타의 영혼이 시체 속으로 슬그머니 들어가 죽은 자칼이 되어 해변에 누웠으며, 몸이 부어올라 악취를 풍기며 부패하다가 하이에나들에게 몸이 조각났고, 독수리들에게 뜯겨 뼈만 남았다가,

먼지가 되어 벌판으로 흩날렸다. 이윽고 싯다르타의 영혼은 되돌아왔다. 그는 죽어서 부패하고 먼지가 되어 윤회하는 흐릿한 황홀경을 맛보았다. 그는 새로운 갈망 속에서 마치 사냥꾼처럼 윤회에서 빠져나올 수 있는 틈, 인과응보가 끝나는 틈, 고통 없는 영겁이 시작되는 틈을 기다렸다. 그는 자신의 감각을 죽이고, 자신의 기억을 죽였다. 그는 자신의 자아에서 빠져나와 수천이나 되는 낯선 형상들 속으로 들어갔다. 그는 짐승이 되었고, 썩은 짐승의 시체가 되었고, 돌이 되었고, 나무가 되었고, 물이 되었다. 그런데도 매번 깨어나면서 다시 자기 자신을 발견했다. 해가 비추거나 달이 비추었고, 그는 다시금 자기 자신이 되었다. 그는 윤회 속에서 방황하며 갈증을 느꼈고, 갈증을 극복하고 나면 또다시 새로운 갈증을 느꼈다.

싯다르타는 사마나들의 문하에서 많은 것을 배웠고, 자아로부터 벗어나는 법을 배웠다. 그는 고통을 통해서, 굶주림, 갈증, 피로를 자발적으로 감내하고 극복함으로써 자기 초탈의 길을 걸었다. 그는 참선을 통해서, 온갖 상념에 대한 감각을 비움으로써 자기 초탈의 길을 걸었다. 이런 길 저런 길을 걸어가는 법을 배웠고, 수천 번 자아를 떠나 몇 시간 동안 그리고 며칠 동안 무아의 경지에 머무르기도 했다. 하지만 아무리 그 길이 자아를 떠나는 길이라 해도, 그 끝은 결국 언제나 자아로 돌아왔다. 싯다르타가 수천 번 자아로부터 도망쳐 무에 머

무르고, 짐승 속에, 돌 속에 머무른다 할지라도, 되돌아오는 것을 피할 수가 없었고, 시간에서 벗어날 수 없었다. 왜냐하면 싯다르타는 햇빛 속에서 또는 달빛 속에서, 그늘 속이나 빗속에서 자기 자신을 다시 발견했기 때문이다. 그는 다시 자아였고, 싯다르타였으며, 또다시 부과된 윤회의 번뇌를 느꼈다.

그의 곁에는 그의 그림자, 고빈다가 있었다. 그도 같은 길을 걸었고, 같은 노력을 했다. 그들은 참배와 수행에 필요한 경우를 제외하고는 서로에게 말을 하지 않았다. 가끔 그들은 자신과 자기 스승들의 양식을 얻기 위해서 둘이서 이 마을 저 마을을 걸어 다녔다.

"고빈다, 자네는 어떻게 생각하는가?"

어느 날 탁발을 나선 길에서 싯다르타가 말했다.

"우리가 과연 멀리 온 것일까? 우리가 목표에 도달한 것일까?"

고빈다는 대답했다.

"우리는 배워왔고, 계속해서 배우고 있어. 자네는 위대한 사마나가 될 거야, 싯다르타. 자네는 빠르게 모든 수행을 익혔고, 연로한 사마나들도 종종 자네에게 감탄했지. 오, 싯다르타! 자네는 언젠가 성자가 될 거야."

싯다르타는 말했다.

"내게 그런 일은 일어나지 않을 것이네, 친구. 내가 이날까지 사마

니들에게서 배운 것들을, 오, 고빈다! 나는 더 빨리 그리고 더 단순하게 배울 수 있었을 거야. 친구, 나는 창녀촌의 술집에서나, 마부들에게 그리고 주사위 노름꾼들에게서도 그런 것들을 배울 수 있었을 것이네."

고빈다가 말했다.

"자네가 농담을 다 하는군. 어떻게 몰입 수행을, 어떻게 호흡을 멈추는 법을, 어떻게 굶주림과 고통에 대한 무감각을 그곳의 비천한 사람들에게서 배울 수 있단 말인가?"

그러자 싯다르타가 마치 자기 자신에게 말하듯 나지막이 말했다.

"몰입 수행이 무엇인가? 육체를 떠나는 것이 무엇인가? 단식이 무엇인가? 호흡을 멈추는 것이 무엇인가? 그것들은 자아로부터 도주하는 것이고, 자아 현존의 번뇌에서 잠시 빠져나오는 것이며, 인생의 번뇌와 무상을 잠시 마비시키는 것이네. 여인숙의 소몰이꾼도 술 몇 잔을 마시거나 발효된 야자술을 마시면 동일한 도주, 잠시 동안이나마 동일한 마비를 느낀다네. 그리고 나면 그는 자기 자신을 느끼지 못하게 되고, 인생의 고뇌도 더 이상 느끼지 못한다네. 그가 술잔 위에서 졸 때면, 싯다르타와 고빈다가 오랜 수행으로 육체에서 벗어나 무아지경에 머무를 때 느끼는 것과 똑같은 것을 느낀다네. 오, 고빈다! 바로 그런 것이네."

고빈다가 말했다.

"그렇게 말하는군, 친구여. 자네는 싯다르타가 소몰이꾼이 아니고 사마나가 술고래가 아니라는 것을 알고 있어. 술꾼은 어쩌면 몽롱한 마비를 느끼고, 어쩌면 잠시 동안의 도피와 휴식을 느낄지도 모르지. 하지만 그는 결국 미몽에서 돌아와 모든 것이 옛 상태 그대로라는 것을 발견할 뿐이야. 그는 예전보다 현명해진 것도 아니고, 깨달음을 얻은 것도 아니며, 더 높은 경지에 이른 것도 아니지."

그러자 싯다르타는 미소를 지으며 말했다.

"나는 모르네. 나는 한 번도 술꾼이었던 적이 없으니까. 하지만 나, 싯다르타는 수행과 몰입에서 잠시 동안 마비를 느꼈을 뿐이라서, 어린아이가 엄마의 자궁 안에 있던 것과 마찬가지로 내가 지혜와 해탈로부터 멀리 떨어져 있다는 것을 알고 있네. 오, 고빈다! 나는 그것을 알고 있네."

그리고 어느 날 싯다르타는 고빈다와 함께 숲을 떠나 마을을 돌며 동료와 스승들이 먹을 양식을 구할 때, 또 말했다.

"그런데 말이네, 고빈다. 우리는 지금 올바른 길을 가고 있는 것일까? 깨달음에 접근하고 있는 것일까? 구도에 접근하고 있는 것일까? 아니면 우리는, 윤회에서 벗어나겠다고 생각하면서도 혹시 그냥 맴돌고 있는 것은 아닐까?"

고빈다가 말했다.

"우리는 많이 배웠어, 싯다르타. 그리고 아직 배울 게 많이 남아 있어. 우리는 맴돌고 있는 게 아니라 위로 올라가고 있어. 그 원은 나선형이야. 우리는 벌써 많은 단계를 올라왔어."

싯다르타가 물었다.

"자네는 우리의 가장 연로한 사마나이자 가장 존경할 만한 스승님 연세가 얼마나 된다고 생각하나?"

고빈다가 대답했다.

"아마 가장 연로한 분이 예순 살은 되셨겠지."

그러자 싯다르타가 말했다.

"그분은 예순 살이 되었는데 열반에 이르지 못하셨네. 그분은 일흔이 되고 여든이 될 걸세. 그리고 자네와 나, 우리도 마찬가지로 늙어 갈 것이고, 수행할 것이고, 단식할 것이고, 묵상 성찰을 할 테지. 그렇지만 우리는 열반에 이르지 못할 것이네. 그분도 못 하고 우리도 못하게 될 거야. 아, 고빈다! 이 세상에 있는 모든 사마나들 중에 어쩌면 한 사람도, 단 한 사람도 열반에 도달하지 못하리라고 나는 생각하네. 우리는 위안을 얻고, 마비를 체험하고, 스스로를 속이는 속임수들도 배우고 있지. 하지만 본질적인 것, 길 중의 길을 발견하지 못하고 있네."

고빈다가 말했다.

"제발 그렇게 끔찍한 말은 하지 말게, 싯다르타! 어떻게 그렇게 많이 배운 사람들 중에, 그렇게 많은 브라만들 중에, 그렇게 많은 엄격하고 존경할 만한 사마나들 가운데, 그렇게 많은 구도자들 중에, 그렇게 열성적으로 전념해 온 사람들 중에, 그렇게 많은 성스러운 사람들 중에 어떻게 아무도 길 중의 길을 발견하지 못한다는 말인가?"

하지만 싯다르타는 부드럽게, 조금은 슬프고 조금은 조소하는 듯한 목소리로 말했다.

"고빈다, 곧 자네의 친구는 자네와 그토록 오랫동안 함께 걸어온 이 사마나의 좁은 길을 떠날 것이네. 나는 심한 갈증을 느끼고 있네. 오, 고빈다! 이 오랜 사마나의 도정에서도 나의 갈증은 전혀 줄어들지 않았네. 언제나 나는 깨달음에 목말랐고, 언제나 나는 의문이 가득했네. 나는 해마다 브라만들에게 물었고, 해마다 성스러운 베다에게 물었고, 해마다 경건한 사마나들에게 물었네. 어쩌면 오, 고빈다! 내가 코뿔소나 침팬지에게 물었다 하더라도 이 정도로는 배웠을 것이고, 현명해졌을 것이고, 성스러워졌을 것이네. 아, 고빈다! 나는 아무것도 배울 수 없다는 사실을 깨닫기 위해서 오랜 시간을 허비해 왔고, 아직도 그것을 끝내지 못하고 있네. 우리가 '배움'이라고 부르는 그런 일은 실제로 존재하지 않네. 오, 나의 친구! 오직 깨달음이 존재할 뿐이지. 그것은 어디에나 있네. 그것은 내 안에 있고, 자네 안에 있고, 모든 존

재 안에 있네. 나는 깨달음 앞에서는 알고자 하는 것, 즉 배움보다 더 사악한 적은 없다는 것을 알게 되었네."

그러자 고빈다가 길에 멈춰 서서 두 손을 들어 올리며 말했다.

"싯다르타, 제발 그런 말들로 자네 친구를 불안하게 하지 말게! 실로 자네 말이 내 마음속에 두려움을 불러일으키고 있어. 그러니 기도의 신성함은 어디에 있는지, 브라만 계급의 존엄성은 어디에 있는지, 사마나의 신성함은 어디에 있는지만이라도 생각해 보라고. 만약 자네가 말하는 그대로라면 말이야, 배움이라는 것이 존재하지 않는 것이라면 말이야! 오, 싯다르타! 그렇다면 지상에서 성스러운 것, 가치 있는 것, 존엄한 것, 이 모든 것은 무엇이 된단 말인가?"

그러고 나서 고빈다는 우파니샤드에 나오는 구절을 읊었다.

묵상하며, 순화된 정신으로
아트만 속에 몰입 수행하는 자여,
그대 마음의 열락이 말로는 다 할 수 없어라.

하지만 싯다르타는 침묵했다. 그는 고빈다가 자신에게 한 말을 생각했다. 그리고 그 말의 궁극적인 뜻을 생각했다.

그렇다, 그는 고개를 숙인 채 서서 골몰했다. 우리에게 신성해 보이

는 모든 것 중에서 과연 무엇이 남을 것인가? 무엇이 보존될 것인가? 무엇이 입증될 것인가? 그는 머리를 가로저었다.

두 젊은이가 사마나들 곁에 머물며 수행을 한 지도 어언 삼 년이 되던 어느 날, 이런저런 경로를 통해 어떤 소식, 어떤 소문, 어떤 풍문이 그들에게 들려왔다. 고타마, 숭고한 자, 붓다라고 불리는 사람이 나타났는데, 그가 세상의 번뇌를 극복하고 윤회의 바퀴를 멈추게 했다는 것이었다. 그는 가진 것도 없이, 고향도 없이, 아내도 없이, 고행자의 누런 가사를 입었지만 밝게 빛나는 이마를 가진 극락왕생한 자로서 젊은이들에게 둘러싸여 그들을 가르치면서 방방곡곡을 돌아다닌다는 것이었다. 그리고 브라만들과 제후들이 그에게 절을 하고 제자가 된다는 것이었다.

이러한 풍문, 이러한 소문, 이러한 꾸며낸 듯한 이야기는 이곳저곳으로 퍼져 나갔다. 도성에서는 브라만들이, 숲에서는 사마나들이 그에 관해 이야기했다. 그리하여 이 두 젊은이들의 귀에도 고타마, 붓다라는 이름을 칭송하거나 비방하는 말들이 들려왔다.

한 지방에 어떤 남자, 어떤 현자, 어떤 예언자가 나타나 그의 말과 입김으로 사람들의 전염병을 치유했다는 소문이 돌게 되면, 그 소문이 온 나라에 퍼져서 누구나 그 사람의 이야기를 하고, 어떤 이들은 그것을 믿기도 하고, 어떤 이들은 의심하면서 그 현자를, 구원자를 찾

이 즉시 길을 나서듯이, 그렇게 고타마, 붓다, 사키야족의 현자에 관한 향기로운 풍문은 온 나라에 퍼졌다. 그의 신봉자들은 말하기를, 고타마는 최고의 깨달음을 터득했으며, 자신의 전생을 기억하고, 열반에 도달해 더 이상은 윤회 속으로 되돌아가지 않을 것이고, 더 이상 현상계의 탁류에 휩쓸리지 않을 것이라고 했다. 그에 관하여 멋진 말들과 불가사의한 말들이 수없이 떠돌았다. 그가 기적을 행했으며, 악마를 이겼고, 신들과 대화했다는 것이었다. 하지만 그를 적대시하는 사람들과 믿지 않는 사람들은 이렇게 말했다. 고타마는 실없는 유혹자로, 향락 속에서 살며, 제사를 경멸하고, 학식이 없으며, 수행도 모르고, 금욕도 모른다는 것이었다.

붓다에 관한 소문은 달콤했으며, 마력이 풍겼다. 실로 속세는 병들었고, 인생은 고해였다. 그런데 보라. 여기 이런 소문들에서는 샘물이 솟아오르는 것 같고, 위로와 부드럽고 고귀한 약속으로 가득한 복음이 울려 퍼지는 것 같았다. 붓다에 관한 소문이 널리 퍼지는 곳이면 어디에서나, 인도 여러 지방의 젊은이들이 귀를 기울였고, 동경하며, 희망을 느꼈다. 그래서 지존 사키야무니釋迦牟尼[12]에 관한 소문을 가져오는 순례자와 나그네는 누구든지 도성과 마을에 사는 브라만의 아들들에게 환영받았다.

숲에 있는 사마나들에게도, 싯다르타에게도, 고빈다에게도 그 소문

은 들려왔다. 소문은 물방울처럼 서서히 알려졌으며, 물방울마다 희망으로, 의심으로 가득 찬 채로 들려왔다. 그들은 그것에 대해 별로 말하지 않았다. 왜냐하면 사마나들 중의 최고 장로가 그 풍문을 좋아하는 사람이 아니었기 때문이다. 그는 이른바 붓다라는 사람이 전에 고행자였으며, 숲속에서 살았는데, 향락과 쾌락의 세계로 되돌아갔다는 소식을 듣고는 붓다를 하찮게 여겼다.

"오, 싯다르타!"

어느 날 고빈다가 친구에게 말했다.

"오늘 내가 마을에 다녀왔는데, 어떤 브라만이 나를 초대해서 그 사람 집에 들어갔네. 그런데 그 사람 집에 마가다[13] 왕국 출신이라는 한 브라만의 아들이 있었어. 그 사람이 자기 눈으로 붓다를 보고, 그가 가르치는 것을 들었다는 거야. 진실로 나는 그때 숨이 막혀 고통스러웠어. 나는 혼자 생각했어. '나도, 싯다르타와 나, 우리 두 사람도 저 완성자의 입에서 흘러나오는 가르침을 듣는 시간을 갖게 된다면!' 하고 말이야. 말해 봐, 친구! 우리도 거기로 가서 붓다의 입에서 흘러나오는 가르침을 경청하지 않겠나?"

싯다르타가 말했다.

"오, 고빈다! 나는 자네가 언제나 사마나들 곁에 머물 것이라고 생각했네. 예순이 되어서도 일흔이 되어서도 여전히 사마나를 명예롭게

해 주는 수도와 수행을 하는 것이 고빈다의 목표일 것이라고 생각했네. 하지만 나는 고빈다를 알지 못했네. 나는 친구의 마음을 제대로 알지 못했어. 가장 소중한 친구여, 자네는 새로운 길로 접어들어 붓다가 가르침을 전하는 그곳으로 갈 계획인가?"

고빈다가 말했다.

"자네는 농담하는 걸 좋아해. 하지만 아무리 농담을 좋아한다 해도, 싯다르타! 자네 마음속에도 그 가르침을 듣고자 하는 욕구와 소망이 일어나고 있지 않아? 그리고 자네는 언젠가 더 이상 사마나의 길을 걷지 않을 것이라고 내게 말하지 않았나?"

그러자 싯다르타는 슬픔과 조롱의 그림자를 드러내는 자기 특유의 방식으로 미소를 짓더니 말했다.

"자네 말이 맞네. 자네가 올바로 기억하고 있네. 아마도 자네는 나한테 들었던 다른 말도 기억할걸세. 요컨대 내가 가르침과 배움에 대해 의심하고 지겨워한다는 것, 그리고 스승들에게 들은 말씀에 대한 내 믿음이 작다는 것을 말일세. 친구, 나는 그 가르침을 경청할 준비가 돼 있네. 비록 우리가 그 가르침의 가장 좋은 열매를 이미 맛보았다고 생각하지만 말일세."

고빈다가 말했다.

"자네가 그렇게 할 각오가 되어 있다니 기쁘네. 하지만 어떻게 가능

한지 말해 보게. 고타마의 가르침을 들어 보기도 전에, 어떻게 그 가르침의 가장 좋은 열매가 우리에게 맺혔다는 건가?"

싯다르타가 대답했다.

"우리 우선 그 열매를 맛보고 그다음 것은 기다려 보기로 하세. 오, 고빈다! 우리가 고타마로부터 얻은 그 열매는, 그가 우리를 사마나들로부터 불러내었다는 것 아니겠나! 그가 우리에게 다른 것, 그리고 훨씬 더 좋은 것을 줄 필요가 있을지 없을지는, 친구여, 우리 조용한 마음으로 기다려 보도록 하세."

같은 날 싯다르타는 사마나들의 지도자를 찾아가 떠나려고 한다는 자신의 결심을 알려 주었다. 싯다르타는 아랫사람과 제자의 본분에 합당한 공손함과 겸손함을 갖추어 지도자에게 그 결심을 말했다. 하지만 그 사마나는 두 젊은이가 자기를 떠나려고 한다는 것에 분노해서 큰 소리로 거친 욕설을 퍼부었다.

고빈다는 놀라서 당황했으나, 싯다르타는 고빈다의 귀에다 입을 갖다 대고 속삭였다.

"이 어른한테 배운 것을 이제 이 어른에게 보여 주어야겠어."

그는 사마나 앞에 서서 온 정신을 집중하여 노인의 시선을 자기의 시선으로 제압하더니, 그를 마법으로 움직이지 못하게 하고, 벙어리로 만들어 의지를 잃게 하여 자신의 의지에 따르게 했다. 그러고는 자

기가 요구하는 것을 소리 없이 행하도록 명령했다. 노인은 말문이 막혔고, 눈은 굳었으며, 의지는 마비되었고, 팔은 축 늘어졌으며, 싯다르타의 마력에 맥없이 굴복하였다. 싯다르타의 생각이 사마나를 장악하여, 노인은 젊은이들이 명령하는 것을 수행할 수밖에 없었다. 그리하여 그는 몇 번이고 허리를 굽혀 축복의 몸짓을 하였고, 여행에 축복이 가득하기를 경건하게 빌어 주었다. 젊은이들은 감사하다고 절을 한 다음, 축복의 말과 함께 인사를 건네고 그곳을 떠났다.

길을 가는 도중에 고빈다가 감탄했다.

"오, 싯다르타! 너는 내가 아는 것보다 더 많은 것을 사마나들에게서 배웠군그래. 늙은 사마나에게 마력을 걸기란 어려워, 여간 어려운 게 아니야. 진실로 하는 말인데, 네가 그곳에 계속 머물렀다면 얼마 안 되어 물 위를 걷는 법을 배웠을 거야."

"나는 물 위를 걸을 생각은 없어. 늙은 사마나들이나 그런 재주에 만족하겠지!"

고타마

사바티[14] 도성에서는 어린아이라도 세존 붓다의 이름을 알고 있었다. 어느 집이나 말없이 시주를 구하는 자들인 고타마의 제자들이 들고 다니는 발우를 가득 채워 줄 준비가 되어 있었다. 도성 근처에는 고타마가 가장 좋아하는 거처인 기원정사가 있었다. 세존의 헌신적 숭배자인 부유한 상인 아나타핀디카가 붓다와 그의 제자들에게 헌납한 것이었다.

고타마의 거처를 찾아가는 길에 두 젊은 고행자가 들은 이야기는 모두 그곳에 관한 것이었다. 그들은 사바티에 도착하고 나서 시주를 구하면서 서게 된 첫 번째 집 문 앞에서 곧바로 음식을 대접받았다. 그들은 그 음식을 먹었다. 싯다르타는 자기들에게 음식을 내준 부인에게 물었다.

"자비로운 분이시여, 우리는 지존하신 붓다께서 어디에 계신지 알고 싶습니다. 우리는 숲에서 온 사마나들이며, 완전자인 그분을 뵙고, 그분의 입으로 말씀하시는 가르침을 듣고자 왔기 때문입니다."

그 부인이 대답했다.

"숲에서 오신 사마나들이신 그대들은 제대로 찾아오셨습니다. 자, 들어 보세요. 세존께서는 지금 아나타핀디카의 정원인 기원정사에 머

물고 계십니다. 순례자분들께서는 그곳에서 밤을 보낼 수 있을 거예요. 그곳에는 그분의 입에서 나오는 가르침을 듣기 위해 몰려드는 수많은 사람들에게 제공할 공간이 충분히 있으니까요."

고빈다는 기뻐했고, 기쁨에 넘쳐 소리쳤다.

"잘됐어! 이제 우리의 목적을 달성했고, 우리가 가야 할 길도 끝났어! 하지만 순례자들의 어머니시여, 당신은 그분, 붓다를 아십니까? 그분을 직접 두 눈으로 뵌 적이 있습니까?"

그 부인이 말했다.

"나는 세존이신 그분을 여러 번 뵈었어요. 그분이 누런 가사를 걸치고 아무 말 없이 좁을 길을 걸어가는 것을 보았어요. 그리고 대문 앞에서 아무 말 없이 발우를 내미는 것을, 그분께서 시주가 채워진 그릇을 들고 거기서 떠나는 것을 여러 날에 걸쳐 보았어요."

고빈다는 그녀의 말을 경청하며 더 많은 것을 물어보고 들어 보려고 했다. 하지만 싯다르타가 길을 재촉했다. 그들은 감사인사를 하고 길을 나섰다. 더 이상 길을 물어볼 필요가 없었다. 많은 순례자들과 고타마 종단의 승려들이 기원정사로 가고 있었기 때문이다. 그들이 도착한 것은 밤이었는데도 사람들이 계속해서 모여들었으며, 잠자리를 간청하는 목소리가 끊이지 않았다. 숲속 생활에 익숙한 두 사마나는 재빨리, 그리고 소리 없이 잠자리를 찾아 아침까지 휴식을 취했다.

해가 떴을 때, 그들은 그곳에서 밤을 지새운 수많은 신도들과 호기심에 그곳을 찾은 사람들을 보고 깜짝 놀랐다. 장엄한 숲속 모든 길에는 누런 가사를 입은 승려들이 거닐었고, 나무 그늘 아래 여기저기 무리를 이루고 앉아서 관찰 수행을 하거나 종교적인 대화를 나누는 승려들도 보였다. 녹음이 우거진 정원은 마치 벌 떼처럼 윙윙거리는 사람들로 가득한 저잣거리 같았다. 대부분의 승려들은 하루의 유일한 끼니인 점심 식량을 얻기 위해 발우를 들고 밖으로 나갔다. 깨달음을 얻은 자인 붓다 자신도 아침이면 늘 시주를 구하러 다니곤 했다.

싯다르타는 그를 바라보았다. 마치 신이 가리켜 주기라도 한 듯 싯다르타는 곧바로 그를 알아보았다. 싯다르타는 누런 법복을 걸친 수수한 남자가 손에 발우를 들고서 조용히 걸어가는 모습을 보았다.

"저기를 봐!"

싯다르타가 고빈다에게 나지막이 말했다.

"저기 저분이 붓다라네."

고빈다는 누런 가사를 입은 그 승려를 주의 깊게 바라보았다. 그는 다른 수백 명의 승려들과 차이가 없어 보였다. 그러나 고빈다도 곧 그가 붓다라는 사실을 알아차렸다. 둘은 붓다를 뒤따르며 주의 깊게 관찰했다.

붓다는 겸허하게, 그리고 생각에 잠긴 채 길을 걸어갔다. 그의 고요

한 얼굴은 즐겁지도 슬프지도 않아 보였고, 내면으로 그윽하게 미소 짓고 있는 것 같았다. 붓다는 숨겨진 미소를 머금은 채 조용하고 침착하게, 마치 건강한 아이처럼 걸어가며 다른 모든 승려들과 마찬가지로 법복을 입고 엄격한 규율에 따라 발을 내디뎠다. 하지만 그의 얼굴과 발걸음, 차분하게 내리깐 시선, 평온하게 아래로 내려뜨린 손, 그리고 평온하게 아래로 드리운 손가락 하나하나가 평화와 완전함을 말하고 있었다. 그는 무엇을 추구하지도 않았고, 무엇을 모방하지 않았으며, 시들지 않는 정숙함 속에서, 꺼지지 않는 불빛 속에서, 범할 수 없는 평화 속에서 부드럽게 숨 쉬고 있었다.

고타마는 시주를 구하러 도성을 향해 걸어갔다. 두 사마나는 그의 완벽한 마음의 평온, 조용한 자태만으로도 그를 알아보았다. 그의 자태에서는 갈구함, 욕망, 모방, 어떠한 노력도 찾아볼 수 없었으며, 다만 광채와 평화를 알아볼 수 있었다.

"오늘 우리는 저분의 입에서 나오는 가르침을 듣게 될 거야."

고빈다가 말했다.

싯다르타는 대답하지 않았다. 그 가르침에는 별로 호기심을 갖지 않았다. 그 가르침이 새로운 것을 가르쳐 줄 것이라고도 믿지 않았다. 그는 고빈다와 마찬가지로 두세 사람 거친 이야기이기는 해도 붓다의 가르침을 여러 번 경청했다. 하지만 싯다르타는 고타마의 머리, 어깨,

발, 차분하게 아래로 드리운 손을 주의 깊게 바라보았다. 싯다르타에게는 그 손의 모든 손가락 마디마디가 가르침으로 보였고, 진리를 말하고, 진리를 호흡하고, 진리의 향기를 내뿜고, 진리로 빛나는 것 같았다. 이 사람, 이 붓다는 그의 새끼손가락 움직임까지도 진실했다. 이분이야말로 성스러웠다. 싯다르타는 사람을 그토록 존경해 본 적이 없었다. 이만큼 사랑해 본 적도 없었다.

두 사람은 붓다를 따라 도성까지 갔다가 말없이 되돌아왔다. 그들 스스로 그날은 음식을 거르기로 했기 때문이다. 그들은 고타마가 돌아오는 것을 보았다. 그들은 그가 제자들에게 둘러싸여 식사하는 것을 보았다. 그가 먹은 것은 새조차도 배부르게 하지 못할 정도였다. 그리고 그들은 그가 망고 나무 그늘 속으로 들어가는 것을 보았다.

그러나 더위가 가라앉자 그곳에 있는 모든 사람들이 활기를 띠며 붓다의 가르침을 듣기 위해 모여들었다. 그들은 그의 목소리를 들었다. 목소리 또한 완벽했고, 완전히 평온했고, 평화로 가득했다. 고타마는 번뇌의 교훈, 번뇌의 유래, 번뇌에서 벗어나는 방법에 대해 가르쳤다. 그의 차분한 말은 조용하고 거침없이 맑게 흘러나왔다.

"인생은 고해이며, 세상은 온통 번뇌로 가득 차 있지만, 번뇌로부터 해탈하는 길이 발견되었다. 붓다의 길을 가는 사람은 해탈을 하리라."

세존은 부드럽지만 확고한 목소리로 사성제[15]와 팔정도[16] 가르쳤다.

그는 비유, 반복이라는 익숙한 방식으로 가르침을 계속 펼쳐 나갔다. 그의 목소리는 한 줄기 빛처럼, 하늘의 별처럼 밝고 고요하게 듣는 사람의 머리 위에서 어른거렸다.

밤이 되어 붓다가 말을 끝냈을 때, 많은 순례자들이 앞으로 나와 공동체에 받아 줄 것을 요청하였고 가르침에 귀의했다. 그러자 고타마는 다음과 같이 말하면서 그들을 받아들였다.

"그대들은 내 가르침을 잘 들었고, 내 가르침은 잘 전달되었다. 어서들 들어와서 거룩한 생활을 하고 모든 번뇌를 끝내도록 하라."

그러자 수줍음이 많은 고빈다도 앞으로 나가더니 말했다.

"저도 세존께, 그리고 세존의 가르침에 귀의합니다."

그리고 그는 제자로 받아 달라고 간청하여 허락을 받아 냈다.

붓다가 밤의 휴식을 위해 물러가자마자 고빈다는 싯다르타를 향해 열정적으로 말했다.

"싯다르타! 나에게는 자네를 비난할 권한이 없지만 한마디 하겠어. 우리 둘이 세존의 말씀을 들었고, 우리 둘은 가르침을 들었어. 나 고빈다는 그 가르침을 듣고 그의 가르침에 귀의했어. 하지만 친애하는 친구여, 존경하는 친구여, 자네 또한 해탈의 길을 가려는 것 아닌가? 자네는 아직도 망설이는 것인가? 아직도 기다리는가?"

고빈다의 말을 들은 싯다르타는 잠에서 깨어난 것처럼 정신이 들었

다. 오랫동안 그는 고빈다의 얼굴을 바라보았다. 그러고 나서 장난기는 전혀 섞이지 않은 목소리로 나지막하게 말했다.

"고빈다! 친구여, 이제 자네는 발걸음을 내디뎠네. 자네는 그 길을 선택했네. 오, 고빈다! 자네는 항상 내 친구였네. 항상 자네는 나를 따라다녔지. 나는 종종 생각했네. 고빈다도 언젠가는 나 없이, 자신의 생각으로 혼자서 발걸음을 내딛게 될까? 그런데 봐, 이제 자네는 남자가 되었고, 스스로 자신의 길을 선택했네. 자네가 그 길을 끝까지 걸어가기를 바라네, 오, 친구여! 그리하여 자네가 해탈을 얻기를 바라네!"

아직도 벗의 마음을 완전히 이해하지 못한 고빈다는 못 참겠다는 어조로 되풀이해서 물었다.

"얘기해 보게. 부탁이네, 사랑하는 친구여! 학식이 많은 내 친구, 자네도 세존 붓다에게 귀의하는 것 말고는 별도리가 없다고 내게 말해 줘!"

싯다르타는 고빈다의 어깨에 손을 얹었다.

"자네는 내 축원을 알아듣지 못했네. 오, 고빈다! 내가 다시 축원해 주겠네. 이 길을 끝까지 걸어가게! 그리하여 자네가 해탈을 얻기를 바라네!"

그 순간 고빈다는 자기 친구가 자신을 떠났다는 사실을 깨닫고 울기 시작했다.

"싯다르타!"

그가 슬퍼하며 부르짖었다.

싯다르타가 다정하게 말했다.

"고빈다, 이제 자네가 붓다의 사마나에 속해 있다는 것을 잊지 말게! 자네는 고향과 부모를 버렸고, 가문과 재산을 버렸고, 자네 자신의 의지를 버렸으며, 우정을 버렸네. 그 가르침이 그렇게 하기를 바라고 있고, 세존께서 그렇게 하기를 바라시지. 자네 자신도 그렇게 하기를 원했네. 오, 고빈다! 나는 내일 자네를 떠날 것이네."

그들은 오랫동안 숲속을 거닐었다. 그런 다음 그들은 오랫동안 자리에 누워 있었지만 잠들지 못했다. 고빈다는 자기 친구에게 거듭해서 왜 고타마의 가르침에 귀의하지 않는지, 그 가르침에서 어떤 결함을 찾았는지 말해 달라고 요구했다. 하지만 싯다르타는 그를 피하면서 이렇게 말했다.

"걱정하지 말게, 고빈다! 세존의 가르침은 아주 훌륭해. 내가 어떻게 그 가르침에서 결함을 찾아내겠는가?"

이튿날 이른 아침, 붓다의 제자 가운데 나이가 가장 많은 승려 하나가 정원을 거닐며, 붓다의 가르침에 귀의한 신참자들을 불러 모으고는 그들에게 누런 가사를 입혀 주고, 그들의 신분에 맞는 첫 번째 가르침과 의무를 일러 주었다. 고빈다는 무리에서 빠져나와 어린 시절

부터 오랜 친구인 싯다르타를 다시 한번 껴안아 보고, 예비 승려의 대열에 합류했다.

싯다르타는 생각에 잠겨 홀로 숲속을 거닐었다.

그런데 거기서 세존 고타마와 맞닥뜨렸다. 그는 경외심을 품고서 세존에게 인사를 했다. 붓다의 눈빛에는 자비심과 평온함이 가득했다. 젊은이는 용기를 내어 존귀한 분께 이야기를 하도록 허락해 달라고 간청했다. 세존은 승낙의 표시로 묵묵히 고개를 끄덕였다.

싯다르타가 말했다.

"오, 세존이시여! 어제 저는 당신의 훌륭한 가르침을 들을 기회를 가졌습니다. 저는 제 친구와 함께 그 가르침을 듣기 위해 먼 곳에서 왔습니다. 이제 제 친구는 세존의 곁에 머물게 될 것입니다. 그는 세존께 귀의했습니다. 하지만 저는 새로이 순례 여행을 시작할 것입니다."

"그대 좋을 대로 하시오."

세존이 정중하게 말했다.

"제 말이 너무 주제넘을지도 모르겠습니다."

싯다르타는 계속해서 이야기했다.

"하지만 저는 세존께 제 생각을 솔직하게 알려 드리지 않고서는 떠나고 싶지 않습니다. 존귀하신 분이시여, 잠시만 제 말을 들어 주시겠습니까?"

붓다는 승낙의 표시로 묵묵히 고개를 끄떡였다.

싯다르타가 다시 말했다.

"오, 지극히 존귀하신 분이시여! 무엇보다도 저는 당신의 가르침 중 한 가지에 감탄했습니다. 존귀하신 분의 가르침 속에 들어 있는 모든 것은 완벽하게 증명되었습니다. 세존께서는 이 세상을 하나의 완전한 사슬이라고, 결코 어디에도 끊어진 곳이 없는 사슬, 인과율로 이어진 영원한 사슬이라고 하셨습니다. 지금까지 이 세상을 그렇게 명백하게 통찰하고, 반박의 여지 없이 설명한 사람은 없습니다. 세존의 가르침을 통해서 이 세상이 빈틈없고, 수정같이 투명하며, 우연에 의지하지 않고, 신들에 의지하지 않는 완벽한 인과관계라는 것을 보게 된다면 어느 브라만이라도 심장이 요동칠 것입니다. 이 세상이 선한지 악한지, 이 세상에서의 삶이 괴로운지 즐거운지는 더 이상 논의하지 않겠습니다. 어쩌면 이것은 본질적인 것이 아닐 수도 있습니다. 그러나 이 세상의 단일성, 모든 사건의 연관성, 크고 작은 모든 것이 동일한 흐름과 법칙, 생성과 소멸되는 일에 포함되어 있다는 것이 당신의 고매한 가르침에서 밝게 드러났습니다. 오, 완성자시여! 그런데 당신의 동일한 가르침에 따르면 만물의 이러한 단일성과 일관성은 어느 한 곳에서 끊어져 있습니다. 하나의 작은 틈새를 통해 단일한 이 세상 속으로 낯선 것, 새로운 것, 이전에 존재하지 않던 것, 그리고 제시될 수도,

증명될 수도 없는 무엇이 흘러듭니다. 그것은 세상의 극복, 해탈에 관한 당신의 가르침입니다. 그러니 이 작은 틈새로 인하여, 이 작은 관통으로 인하여 영원하고 단일한 세계의 법칙 전체가 다시 무너지고 해체되어버립니다. 제가 이런 이의를 제기하는 것을 세존께서는 용서해 주십시오."

고타마는 조용히 조금도 움직이지 않고 그의 말을 들었다. 그러더니 다정한 음성으로, 공손하고 맑은 음성으로 그 완성자가 말했다.

"오, 브라만의 아들이여! 그대가 가르침을 듣고, 그대가 그것에 대해 그렇게 깊이 생각했다니 훌륭하십니다. 그대는 그 가르침 속에서 하나의 틈새를, 하나의 결함을 발견했습니다. 계속해서 그 점에 대해 숙고하시기 바랍니다. 하지만 지식을 열망하는 자여, 풀숲처럼 무성한 의견들을 주의하고 언쟁을 주의하십시오. 이런저런 의견들은 조금도 중요하지 않습니다. 그것들은 아름다울 수도 추할 수도 있으며, 현명하거나 어리석을 수도 있습니다. 누구라도 그 의견들을 지지할 수도 있고, 배척할 수도 있습니다. 하지만 그대가 내게 들은 가르침은 의견이 아닙니다. 그 가르침의 목표는 지식을 열망하는 자에게 세상을 설명하는 것이 아닙니다. 그것의 목표는 다른 것입니다. 바로 번뇌로부터의 해탈입니다. 고타마가 가르치는 것은 바로 이것이지, 다른 것이 아닙니다."

"오, 세존이시여, 노여워하지 마십시오."

젊은이가 말했다.

"언쟁하려고 그렇게 말씀드린 것이 아닙니다. 의견들은 별로 중요하지 않다는 세존의 말씀은 진실로 옳습니다. 다만 제가 이것 한 가지만 더 말하게 해 주십시오. 저는 한순간도 세존을 의심한 적이 없습니다. 저는 한순간도 세존께서 붓다라는 사실을, 세존께서 수천의 브라만들과 브라만의 아들들이 도달하려고 애쓰는 최고의 목표에 도달하셨다는 사실을 의심해 본 적이 없습니다. 세존께서는 세존의 독자적인 구도를 통해 죽음으로부터 해탈을 얻으셨습니다. 당신의 독자적인 길에서, 사고를 통해서, 몰입 수행을 통해서, 인식을 통해서, 깨달음을 통해서 해탈을 얻으셨습니다. 그것은 가르침을 통해서 얻은 것이 아닙니다! 오, 세존이시여! 저는 어느 누구도 가르침을 통해서 해탈에 이르지는 못한다고 생각합니다! 오, 지존이시여! 지존께서는 깨달음의 순간에 일어난 일을 언어로 그리고 가르침을 통해서 누구에게도 알려 주지 못하실 것이고, 말해 줄 수도 없을 것입니다. 깨달음을 얻은 붓다의 가르침은 많은 것을 내포하고 있습니다. 그것은 많은 사람들에게 올바르게 살고, 악한 것을 피하라고 가르칩니다. 하지만 그토록 명백하고, 그토록 고귀한 가르침에 한 가지가 들어 있지 않습니다. 세존께서 몸소 체험하신 비밀, 수십만 명 가운데 홀로 경험하신 그 비

밀이 내포되어 있지 않습니다. 제가 가르침을 들었을 때 생각하고 인식한 것이 바로 이것입니다. 제가 편력을 계속하려는 이유가 바로 이것입니다. 다른 가르침, 더 나은 가르침을 찾기 위해서가 아닙니다. 그런 가르침이 없다는 것을 제가 알기 때문입니다. 오히려 모든 가르침과 모든 스승을 떠나기 위해서, 그리고 저 혼자만의 목표에 도달하거나 그러지 못하면 차라리 죽기 위해서 떠나는 것입니다. 오, 세존이시여! 하지만 저는 오늘을 자주 떠올릴 것입니다. 제 눈으로 한 분의 성자를 본 이 순간을 생각할 것입니다."

붓다의 눈은 평온하게 땅바닥을 응시했고, 그의 헤아릴 수 없는 얼굴은 완전한 평정에 잠겨서 평온하게 빛나고 있었다.

"그대의 생각이 잘못된 생각이 아니기를 바랍니다!"

세존은 천천히 말했다.

"그대가 목표에 이르기를 바랍니다! 하지만 내게 말해 보십시오. 그대는 내 사마나의 무리를, 가르침에 귀의한 수많은 나의 형제들을 보았습니까? 낯선 사마나여, 그대는 가르침을 떠나 속세의 생활로, 쾌락의 생활로 되돌아가는 것이 그 모든 이들에게 훨씬 더 좋을 거라고 믿습니까?"

"그런 생각은 조금도 해 보지 않았습니다."

싯다르타가 큰 소리로 말했다.

"그들 모두가 가르침에서 벗어나지 않기를 바랍니다. 그들이 자신의 목표를 달성하기를 바랍니다! 저에게는 다른 사람의 삶에 대해 판단을 내릴 권한이 없습니다. 오로지 저를 위해서, 저만을 위해서 판단해야만 하고, 선택해야만 하고, 거절해야만 합니다. 오, 세존이시여! 우리 사마나들은 자아로부터의 해탈을 위해 구도하고 있습니다. 오, 지존이시여! 제가 당신의 제자들 중 하나가 된다면, 저의 자아가 단지 겉으로만, 허위로만 안식에 도달하고 해탈을 얻게 될까 봐 두렵습니다. 실제로는 저의 자아가 계속 살아서 커지게 될까 봐 두렵습니다. 그렇게 되면 저는 가르침을, 복종하는 일을, 세존에 대한 저의 사랑을, 세존의 승단을 저의 자아로 만들어 버릴지도 모릅니다."

고타마는 웃을 듯 말 듯 미소를 지으며, 흔들림 없이 밝고 다정한 표정으로 이방인의 눈을 쳐다보고는, 거의 눈에 띄지 않는 몸짓으로 그에게 작별을 고했다.

"오, 사마나여! 그대는 영리합니다."

세존이 말했다.

"친구여, 그대는 지혜롭게 말하는 법도 알고 있습니다. 그러나 너무 지나친 영리함을 경계하십시오!"

붓다는 떠나갔다. 그의 눈길과 웃을 듯 말 듯한 미소는 영원히 싯다르타의 기억에 새겨졌다.

'나는 지금까지 저렇게 바라보고, 저렇게 미소 짓고, 저렇게 앉고, 저렇게 걸어가는 사람을 본 적이 없다. 참으로 나 역시 저렇게 바라보고, 저렇게 미소 짓고, 저렇게 앉고, 저렇게 걸을 수 있기를 바란다. 그렇게 자유롭게, 그렇게 고귀하게, 그렇게 신비롭게, 그렇게 당당하게, 그렇게 천진난만하고 은밀할 수 있으면 좋겠다.'

그는 생각했다.

'자기 자신의 내면에까지 파고 들어가 본 사람만이 그렇게 진심으로 바라보고 그렇게 걸어갈 수 있을 것이다. 좋다, 나도 내 자신의 궁극의 심부에까지 파고 들어가기 위해 탐색하리라.'

싯다르타는 생각했다.

'나는 한 인간을 보았다. 내가 눈을 내리뜨지 않을 수 없는 유일한 인간을 보았다. 더 이상 다른 어떤 사람 앞에서도 눈을 내리뜨지 않을 것이다. 더 이상 그 누구 앞에서도 말이다. 이 사람의 가르침도 나를 유혹하지 못했으니, 어떤 가르침도 더 이상 나를 유혹하지 못할 것이다.'

싯다르타는 또 생각했다.

'붓다는 내게서 무언가를 앗아 갔다. 그는 나에게서 무언가를 앗아 갔지만, 더 많은 것을 선사했다. 나를 믿었고, 이제는 그를 믿는, 내 그림자였지만 이제는 고타마의 그림자인 내 친구를 그는 빼앗아 갔다. 하지만 그는 나에게 싯다르타를, 즉 나 자신을 선사해 주었다.'

깨달음

 싯다르타는 완전자인 붓다와 고빈다가 머무르는 기원정사를 떠날 때, 지금까지의 자기 삶도 이 기원정사에 남겨 둔 채 이별한다는 느낌을 받았다. 싯다르타는 천천히 걸어가면서 자신을 완전히 가득 채우고 있는 감정에 대해 곰곰이 생각해 보았다. 마치 깊은 물속에 잠기듯이 그는 감정의 바닥까지, 원인이 깃들어 있는 밑바닥까지 내려갔다. 원인을 인식하는 것, 그것이 곧 사고라고 여겼기 때문이다. 그리고 그렇게 해야만 감정은 인식으로 변하며 소멸되는 것이 아니라 본질이 되어 그 속에 내재한 것을 발산하기 시작한다고 생각했기 때문이다.

 싯다르타는 천천히 발걸음을 옮기면서 깊이 생각했다. 그는 자기가 더 이상 청년이 아니라, 한 남자가 되었음을 확인했다. 마치 뱀이 낡은 허물을 벗듯이 무언가가 자신을 떠났다는 사실을 확인했다. 젊은 시절 내내 그를 따라다녔던 그의 일부, 즉 스승을 모시고 가르침을 받겠다는 소망이 더 이상 자기 마음속에 존재하지 않는다는 사실을 확인했다. 수행 중에 그에게 나타났던 마지막 스승, 가장 높고 가장 현명한 스승, 성자, 붓다로부터 그는 떠났다. 그는 붓다와 헤어져야만 했고, 그의 가르침에 귀의할 수 없었다.

 사색하며 천천히 걷던 싯다르타는 스스로에게 물었다.

'도대체 내가 가르침에서, 스승들에게서 배우고자 했던 것이 무엇인가? 많은 것을 가르쳐 주었던 그분들이 나에게 가르칠 수 없었던 것이란 대체 무엇인가?'

그리고 그는 답을 찾아냈다.

'그것은 자아다. 나는 그 의미와 본질을 배우려고 했다. 내가 벗어나려고 했고, 내가 극복하고자 했던 그것은 바로 자아였다. 하지만 나는 그것을 극복할 수 없었다. 단지 속일 수 있었을 뿐이고, 도망칠 수 있었을 뿐이며, 다만 그것 앞에 숨을 수 있었을 뿐이다. 참으로 세상에 이 자아만큼 나를 몰두하게 만든 것은 없었다. 내가 살아 있다는 이 수수께끼, 내가 하나의 개체이며 다른 모든 사람과 구별되고, 내가 싯다르타라는 이 수수께끼만큼 깊은 고뇌를 안겨 준 것은 없었다!'

천천히 걸어가면서 사색하던 싯다르타는 그런 생각에 사로잡혀 발걸음을 멈추었다. 그러자 곧 다른 새로운 생각이 불쑥불쑥 튀어나왔다. 이런 내용이었다.

'내가 나에 대해서 아무것도 알지 못한다는 것, 싯다르타라는 존재가 내게 아주 낯선 미지의 존재라는 것, 그것은 한 가지 원인, 하나의 유일한 원인에서 유래한다. 나는 나를 두려워했고, 나로부터 도망치고 있었던 것이다! 나는 아트만을 추구했다. 나는 브라만을 추구했다. 나는 내 자아를 부수고 껍질을 벗겨, 그 미지의 가장 깊은 곳에서 모

든 핵심을, 아트만을, 생명을, 신성한 것을, 궁극적인 것을 찾아낼 생각이었다. 하지만 그렇게 하다가 나는 나 자신을 잃어버렸다.'

싯다르타는 눈을 뜨고 주위를 둘러보았다. 그의 얼굴은 미소로 가득 찼다. 오랜 꿈에서 깨어났다는 깊은 깨달음이 발가락 끝에 이르기까지 온몸으로 퍼졌다. 그는 다시 걷기 시작했고, 마치 자기가 해야 할 일이 무엇인지 아는 사람처럼 급히 달리기 시작했다.

'오!'

그는 깊은 심호흡으로 안도의 숨을 내쉬었다.

'이제 나는 싯다르타가 더 이상 나에게서 달아나지 못하게 할 것이다! 나는 더 이상 아트만이나 세상 번뇌로 내 생각과 내 삶을 시작하지는 않을 것이다. 나는 더 이상 폐허 뒤에서 비밀을 찾아내겠다고 나를 죽이고 토막 내지 않을 것이다. 이제 더 이상 《요가베다》[17]도 나를 가르치지 못할 것이다. 《아타르바베다》[18]도, 고행자도, 그 어떤 가르침도 나를 가르치지 못할 것이다. 나는 나 자신에게서 배울 것이다. 나는 스스로 나의 제자가 될 것이다. 나는 나를, 싯다르타라는 비밀을 알아낼 것이다.'

그는 마치 처음으로 세상을 보듯이 주위를 둘러보았다. 세상은 아름다웠고, 세상은 찬란했으며, 세상은 수수께끼 같았다! 여기에 푸른 색이, 저기에 노란색이, 또 저기에 초록색이 있었고, 하늘이 흘러갔고,

강이 흘러갔다. 숲이 솟아 있고, 산이 솟아 있었다. 모든 것이 아름답고, 모든 것이 수수께끼 같았고, 마술 같았다.

그 한가운데서 싯다르타, 각성자인 그는 자기 자신을 찾아가고 있었다. 그 모든 것, 그 모든 노란색과 푸른색, 강과 숲이 처음으로 눈을 통해 싯다르타 내면으로 들어왔다. 그것은 더 이상 마라의 마술이 아니었고, 더 이상 마야의 베일이 아니었으며, 더 이상 무의미하고 우연한 현상계의 다양성이 아니었다. 다양성을 무시하고, 단일성을 구하는, 깊이 사색하는 브라만에게 그것은 시시했다. 파란색은 파란색이었고, 강은 강이었다. 그리고 비록 싯다르타의 내면에 들어온 파란색과 강 속에 단일하거나 신적인 것이 숨어 있다 해도, 여기에 노란색이, 저기에 파란색이, 거기에 하늘이, 저기에 숲이, 그리고 여기에 싯다르타가 존재한다는 사실이야말로 바로 신적인 것의 본질이자 의미였다. 의미와 본질은 사물의 배후 어딘가에 있는 것이 아니었다. 그것들은 사물들 안에, 모든 것 속에 있었다.

'내가 얼마나 귀먹고 우둔했던가!'

그는 급히 걸어가며 생각했다.

'만약 어떤 사람이 글을 읽으면서 그 의미를 찾고자 한다면, 그는 그 기호와 철자를 무시하지 않는다. 그것들을 착각, 우연 그리고 무가치한 껍질이라고 부르지 않으며, 오히려 그 사람은 그것을 읽고, 철자

하나하나를 음미하고 사랑한다. 하지만 나는, 이 세상이라는 책과 내 자신의 본질이라는 책을 읽으려 한 나는 미리부터 추측한 뜻에 맞추기 위해서 기호와 철자를 무시해 버렸다. 나는 현상계를 착각이라고 불렀고, 나의 눈과 혀를 무가치하고 우연한 현상이라고 불렀다. 아니, 그것은 지나갔다. 이제 나는 깨어났다. 나는 정말로 깨어났고, 오늘에야 비로소 태어난 것이다.'

싯다르타는 그런 생각을 하다가 마치 앞에 뱀이라도 있는 듯 갑자기 발걸음을 멈추었다.

문득 실제로 깨달은 자이거나 새로 태어난 자는 인생을 처음부터 새롭고 완전히 시작해야만 한다는 생각이 들었기 때문이다. 그는 그날 아침에 기원정사를, 저 세존이 기거하는 거처를 떠났을 때만 해도, 깨달음을 얻었을 때만 해도, 자기 자신을 찾아가는 도중에 있었을 때만 해도, 수년간의 고행을 끝내고 고향으로, 아버지에게로 돌아가려고 했다. 그것이 자연스럽고 자명한 일로 여겨졌다. 하지만 이제, 마치 자신이 가는 길에 뱀 한 마리가 놓여 있기라도 한 듯이 멈춰 선 그 순간에야 비로소 그는 그런 통찰에 눈을 떴다.

'나는 더 이상 이전의 내가 아니다. 나는 더 이상 고행자가 아니고, 나는 더 이상 승려가 아니고, 나는 더 이상 브라만이 아니다. 내가 집에서, 그리고 아버지 곁에서 무엇을 하겠다는 말인가? 학문을 할 것인

가? 제사를 올릴 것인가? 몰입 수행을 할 것인가? 그 모든 것은 지나갔고, 그 모든 것은 더 이상 나의 길에 조금도 중요하지 않다.'

 꼼짝도 하지 않고 싯다르타는 서 있었다. 한순간, 숨을 한 번 쉬는 순간에 그의 심장은 얼어붙는 것 같았다. 자기가 얼마나 외로운 존재인지를 깨닫자 한 마리의 새 또는 한 마리의 토끼같은 작은 짐승처럼 가슴 속에서 심장이 얼어붙는 느낌이 들었다. 몇 해 동안 그는 고향을 등지고 있었지만 그것을 느끼지는 못했었다. 이제 싯다르타는 느꼈다. 가장 멀리 떨어져 몰입에 잠겨 있을 때조차 여전히 그는 아버지의 아들이었고, 브라만이었으며, 상류계급이요, 지식 있는 자였다. 그런데 지금 그는 각성자, 싯다르타일 뿐, 그 밖에는 더 이상 아무것도 아니었다. 그는 깊이 숨을 들이마셨다. 한순간 몸이 얼어붙더니 부르르 떨렸다. 누구도 싯다르타만큼 외롭지는 않았다. 귀족은 귀족끼리 어울려 그 속에 은신처를 찾고, 직공은 직공끼리 어울려 그 속에 은신처를 찾고, 그들과 같은 말을 하며 어울려 살았다. 브라만은 브라만과 어울려, 사마나는 사마나와 어울려 그 속에 은신처를 찾아, 그들과 같은 말을 하며 어울려 살았다. 숲속의 은둔자라 할지라도 그토록 외롭지는 않았다. 그 또한 어딘가에 속해 있었고, 그 또한 한 신분에 소속되어 있었다. 고빈다는 승려가 되었고, 수천 명의 승려들이 그의 형제가 되었으며, 그와 똑같은 옷을 걸치고, 그와 똑같은 믿음을 가지고, 그와

똑같은 언어를 구사했다. 하지만 싯타르타는, 그는 도대체 어디에 속해 있는가? 그는 누구와 더불어 삶을 나눌 것인가? 그는 누구의 언어를 구사할 것인가?

그를 둘러싼 주위의 세계가 녹아 사라지고, 마치 하늘의 별처럼 고독하게 서 있는 그 순간에, 냉기와 절망으로 휩싸인 그 순간에 싯다르타는 이전보다 훨씬 더 응집된 자아의 모습으로 벌떡 일어났다. 그는 느꼈다.

'이것이야말로 각성 최후의 전율이며, 탄생의 마지막 경련이다.'

그러고 나서 그는 곧바로 다시 성큼성큼 조바심을 내며 급히 걷기 시작했다. 더 이상 집으로 가는 것도, 더 이상 아버지에게 가는 것도, 더 이상 되돌아가는 것도 아니었다.

싯다르타

2부

카말라

싯다르타는 한 걸음씩 걸을 때마다 새로운 것을 배웠다. 세상이 변해 가고, 마음이 마법에 걸린 듯 매혹되었기 때문이다. 그는 태양이 울창한 산악 위로 떠올라 아주 멀리 야자나무가 있는 해변으로 지는 것을 보았다. 밤이면 하늘에 질서 정연하게 늘어선 별들과 초승달이 푸른 바다의 쪽배처럼 둥실대는 것을 보았다. 나무, 별, 동물, 구름, 무지개, 바위, 풀, 꽃, 시냇물과 강, 덤불에 맺힌 반짝이는 아침 이슬, 저 멀리 푸르고 희뿌연 높은 산을 보았고, 새들이 노래하고, 벌들이 붕붕거리는 것을 보았다. 바람은 논에서 은방울처럼 낭랑하게 불어왔다. 천태만상이며 형형색색인 그 모든 것은 언제나 거기에 있었다. 언제나 태양과 달은 빛났고, 강은 언제나 출렁출렁 소리를 냈고, 벌들은 붕붕거렸지만, 지난날 싯다르타에게는 그 모든 것이 눈앞에 드리워진 경망스럽고 기만적인 베일에 불과했다. 그래서 믿을 수 없었고, 사고에 의해 채워졌다가 없어질 것이라 여길 수밖에 없었다. 왜냐하면 그것은 본체가 아니었고, 본체는 눈에 보이는 세계 너머에 있었기 때문이다. 하지만 이제 자유로워진 그의 눈은 이 세상을 바라보았다. 그의 눈은 가시적인 것을 보고 인식했고, 이 세상에서 고향을 찾았고, 전처럼 본체를 구하지 않았으며, 피안을 목표로 삼지도 않았다. 구함 없이, 그

렇게 단순하게, 그렇게 어린아이처럼 세상을 관찰하면 세상은 아름다웠다. 달과 성좌도 아름다웠고, 시냇물과 강 언덕도 아름다웠고, 숲과 바위도, 산양과 꽃무지도, 꽃과 나비들도 아름다웠다. 이처럼 세상을 걸어가는 것, 이처럼 천진난만하게, 이처럼 각성하고, 이처럼 가까운 것에 마음을 열고, 이처럼 의심하지 않고, 이처럼 세상을 걸어가는 것은 아름답고 사랑스러운 일이었다. 머리 위의 태양은 다르게 불타오르고, 숲속의 그늘은 전과 다르게 서늘하고, 시냇물과 연못의 물맛이 이전과 달랐고, 호박과 바나나의 맛도 이전과 달랐다. 낮이 짧았고, 밤이 짧았으며, 매시간이 바다 위에서 돛 아래에 보물과 기쁨을 가득 실은 배처럼 신속하게 지나갔다. 싯다르타는 원숭이 무리가 숲속에서 둥근 아치를 그리며 옮겨 다니고, 높이 나뭇가지를 타는 것을 보았다. 그리고 거칠고 욕정에 불타 올라 내뱉는 소리를 들었다. 싯다르타는 숫양이 암양을 뒤쫓아 교미하는 것을 보았다. 그는 갈대가 우거진 호수에서 강꼬치가 저녁 허기를 채우려고 작은 물고기들을 사냥하는 것을 보았다. 어린 물고기들은 강꼬치와 맞닥뜨리자 몹시 불안해 펄떡거렸다. 비늘을 반짝거리며 무리를 지어 물 밖으로 튀어 올랐다. 격렬하게 사냥하는 물고기가 만들어 내는 격렬한 물결의 소용돌이에서 힘과 열정의 향기가 물씬 풍겨 왔다.

그 모든 것은 늘 존재했던 것이다. 그런데 싯다르타는 그것을 보지

못했다. 그는 그런 것에 마음을 두지 않았다. 이제야 비로소 싯다르타는 그런 것에 마음을 두었고, 그것의 일부가 되었다. 그의 눈에 빛과 그림자가 스며들었고, 그의 가슴에 별과 달이 스며들었다.

  싯다르타는 길을 가는 도중에도 자기가 기원정사에서 경험했던 모든 일, 그곳에서 들은 가르침, 숭고한 붓다, 고빈다와의 작별, 세존과의 대화를 회상했다. 그는 세존에게 자신이 했던 말을 다시 떠올려 보았다. 한 마디 한 마디씩 회상했다. 그는 자신이 그때에는 전혀 알지 못했던 일들을 말했다는 사실을 자각하고는 깜짝 놀랐다. 그가 고타마에게 말했던 것, 그분, 붓다의 보물과 비밀은 가르침이 아니라 말로는 형용할 수 없는 것이며, 그분이 깨달은 순간에 체험한 것은 가르쳐 줄 수 있는 게 아님을 그제야 그는 체험하기 시작한 것이다. 이제 그는 스스로 체험해야만 했다. 아마도 그는 이미 오래전에 자신의 자아가 아트만이며, 그것이 브라만과 마찬가지로 영원한 본질에서 나왔다는 사실을 알고 있었을 것이다. 하지만 싯다르타는 이 자아를 사고의 그물로 붙잡으려 했기 때문에 발견할 수 없었다. 분명히 육체는 자아가 아니었다. 그리고 감각의 유희도 자아가 아니었다. 하지만 사고 또한 자아가 아니고, 이성도, 습득한 지혜도, 결론을 도출해 내고 이미 사고해 낸 것에서 새로운 사상을 자아내는, 그런 습득한 기교 역시 자아가 아니었다. 그렇다, 사고의 세계 또한 여전히 이 세상이었다. 그

래서 감각이라는 우연한 자아를 죽이고, 그 대신 사고와 학식의 우연한 자아를 살찌운다 하더라도 목표에는 도달하지 못할 터였다. 사고와 감각, 이 둘은 멋진 것이다. 배후에는 궁극의 뜻이 숨겨져 있고, 모두 들어 볼 만한 가치가 있으며 유희할 만한 가치가 있다. 또한 이것들을 경시하거나 과대평가하지 않고 그것에서 흘러나오는 심부의 은밀한 음성에 귀 기울일 만한 가치가 있다. 그는 이 음성이 뜻을 두라고 명령하지 않으면 그 어떤 것에도 뜻을 두려 하지 않았고, 이 음성이 그렇게 하라고 충고하는 곳 이외에는 그 어디에도 머무르려 하지 않았다. 왜 고타마는 일찍이 많은 시간들 중에서도 그 시간에 저 보리수 아래에 정좌하여 각성할 수 있었던 것일까? 그는 어떤 음성을 들었던 것이다. 그 나무 아래서 휴식을 취하라고 명령하는 자기 가슴속의 음성을 들은 것이다. 고타마는 금욕, 제사, 목욕재계나 기도에 힘쓰지 않았고, 먹는 것도 마시는 것도 좋아하지 않았으며 잠을 자거나 꿈을 꾸는 것도 좋아하지 않았다. 고타마는 그 음성에 따랐을 뿐이다. 이처럼 외부의 명령에 따르지 않고, 오로지 그 음성에만 따르는 것, 그렇게 할 준비를 하는 것, 그것은 훌륭한 일이었고, 필요한 일이었다. 그 외의 다른 것은 아무것도 필요하지 않았다.

싯다르타는 강가에 있는 어느 뱃사공의 초가집에서 잠을 자던 날 밤, 꿈을 꾸었다. 고빈다가 고행자의 누런 가사를 입고서 그의 앞에 서

있었다. 고빈다는 슬퍼 보였다. 그가 슬프게 물었다. '너는 왜 나를 떠났지?' 싯다르타는 고빈다를 포옹하고 팔로 그를 휘감았다. 그리고 그에게 입을 맞추었는데, 그것은 고빈다가 아니라 어떤 여자였다. 그 여자의 옷에서 풍만한 젖가슴이 솟아올랐다. 싯다르타는 그 가슴에 안기어 젖을 빨았다. 젖은 달콤하고 강렬한 맛이 났다. 그 젖은 여자와 남자, 태양과 숲, 동물과 꽃, 온갖 과일, 온갖 쾌락의 맛이 났다. 그것은 그를 취하게 만들고 의식을 잃게 했다. 싯다르타가 깨어났을 때, 오두막 문틈으로 희뿌연 강물이 반짝였다. 숲에서는 거무스레한 올빼미의 울음소리가 깊고 아름다운 음조로 울렸다.

날이 밝자, 싯다르타는 집주인인 뱃사공에게 자기를 강 건너로 데려다 달라고 부탁했다. 뱃사공은 그를 대나무 뗏목에 태우고 강을 건너게 해주었다. 폭이 넓은 강물은 아침 햇살을 받아 불그레한 빛을 띠며 반짝이고 있었다.

"참 아름다운 강입니다."

싯다르타가 동행자에게 말했다.

"그렇습니다."

뱃사공이 긍정했다.

"아주 아름다운 강이지요. 저는 무엇보다도 이 강을 사랑합니다. 때때로 저는 이 강에 주의 깊게 귀를 기울였고, 때때로 이 강의 눈을 들

여다보았습니다. 그리고 항상 이 강으로부터 배워 왔지요. 강으로부터 많은 것을 배웠습니다."

"감사합니다, 은인이여!"

싯다르타는 다른 쪽 강 언덕에 내리며 말했다.

"친애하는 분이여, 제게는 당신께 드릴 선물도 없고, 드릴 만한 뱃삯도 없습니다. 저는 무숙자이며, 브라만의 아들이며, 사마나입니다."

"저는 그것을 잘 알고 있었습니다."

뱃사공이 말했다.

"저는 손님께 뱃삯을 기대하지 않았습니다. 선물을 받을 생각도 하지 않았습니다. 손님은 다음 번에 제게 선물을 주실 것입니다."

"그렇게 생각하십니까?"

싯다르타가 명랑하게 물었다.

"물론이지요, 저는 모든 것이 다시 돌아온다는 것도 강으로부터 배웠습니다. 사마나, 당신 또한 다시 돌아오실 것입니다. 그럼 안녕히 가십시오! 당신의 우정을 뱃삯으로 하겠습니다. 신들께 제사를 올릴 때면 잊지 말고 저를 기억해 주십시오."

미소를 지으면서 그들은 작별을 했다. 싯다르타는 뱃사공의 우정과 친절에 기뻐했다.

'그는 고빈다와 똑같다.'

싯다르타는 웃으면서 생각했다.

'내가 도중에 만나는 모든 사람들은 고빈다와 똑같다. 모든 이들이 스스로 감사를 받을 권리를 갖고 있음에도 불구하고, 오히려 감사하고 있다. 모두들 겸손하고, 모두들 기꺼이 친구가 되어 주고, 기꺼이 순종하고, 깊게 생각하지 않는다. 이 사람들은 어린아이 같다.'

점심때가 되어 그는 어느 마을을 지났다. 토담집 앞으로 난 골목에서 아이들이 뒹굴며 호박씨와 조개껍데기를 갖고 놀고 있었고, 고함을 치고 맞붙어 싸우기도 했다. 하지만 낯선 사마나를 보자 모두들 흠칫흠칫하며 달아났다. 마을 끝에는 시냇물을 가로질러 길이 나 있었다. 시냇가에서는 어떤 젊은 여자가 무릎을 꿇고 앉아 빨래를 하고 있었다. 싯다르타가 여자에게 인사를 하자, 그녀는 머리를 들어 올리고 미소를 지으며 그를 바라보았다. 그는 여인의 눈 흰자위가 반짝이는 것을 보았다. 그는 나그네들이 으레 그러듯 축원의 말을 하고 큰 도성까지 얼마나 걸리는지 물었다. 그러자 그녀가 일어나 그에게 다가왔다. 젊은 여인의 촉촉한 입술이 아름답게 반짝였다. 그녀는 그에게 농담을 건네며. 혹시 벌써 식사를 했는지, 사마나들이 밤에 혼자 숲에서 잠을 자고, 여자를 곁에 두면 안 된다고 하는데 그것이 사실이냐고 물었다. 동시에 그녀는 자기의 왼발을 그의 오른발 위에 올려놓고는 여자가 남자에게 사랑의 쾌락을 요구하는 몸짓을 했다. 그것은 사랑의

경전에서 '나무 오르기'라고 칭하는 것이었다. 싯다르타는 몸속에서 피가 끓어오르는 것을 느꼈다. 그리고 그 순간 전날 밤의 꿈이 다시 떠올라, 여자 쪽으로 몸을 약간 구부리고 입술로 그녀의 갈색 젖꼭지에 입을 맞추었다. 그가 눈을 들어 쳐다보니 그녀의 얼굴은 욕정으로 가득 차 미소 짓고 있었고, 가늘게 뜬 눈은 욕정을 못 이겨 애원하고 있었다.

싯다르타 역시 갈망을 느꼈고 성의 샘이 솟구치는 것을 느꼈다. 하지만 아직 한번도 여자에게 손을 대 본 적이 없었기 때문에 두 손으로 여자를 껴안을 준비를 하면서도 한순간 머뭇거렸다. 그리고 바로 그 순간, 그는 벌벌 떨면서 자기 내면의 목소리를 들었다. 그 목소리는 안 된다고 말했다. 그러자 젊은 여자의 미소 짓고 있는 얼굴에서 온갖 매력이 사라졌고, 그는 발정 난 암컷의 젖은 눈빛 이외에는 더 이상 아무것도 보지 못했다. 그는 다정하게 그녀의 뺨을 어루만진 다음, 실망한 여자를 놔두고 몸을 돌려 대나무 숲속으로 발 빠르게 사라졌다.

그날 그는 저녁이 되기 전에 큰 도성에 도착했고, 그동안 사람들이 그리웠기 때문에 도성에 도착하자 아주 기뻤다. 오랫동안 그는 숲에서 살아왔다. 지난밤 그가 잠을 잔 사공의 초가집은 그가 오랜만에 머리를 눕힌 첫 번째 지붕이었다.

도성 앞, 아름답게 울타리가 쳐진 어느 유원 근처에서 이 방랑자는

바구니를 이고 가는 한 무리의 하인들과 하녀들을 만났다. 네 사람이 메는 화려한 장식을 한 가마 안에는 다채로운 지붕 모양 덮개 아래에 주인으로 보이는 어떤 여자가 빨강 보료를 깔고 앉아 있었다. 싯다르타는 유원 입구에 서서 그 행렬을 바라보았고, 하인들, 하녀들, 바구니들을 보았으며, 가마를 응시했다. 그리고 가마 안에 앉아 있는 귀부인을 보았다. 수북이 쌓아 올린 검은 머리 밑으로 드러난 몹시 밝고, 몹시 부드럽고, 몹시 영리한 얼굴. 방금 벌어진 무화과처럼 붉은 입술, 크게 휘어진 활처럼 손질하여 그린 눈썹, 영리하고 주의 깊은 검은 두 눈, 초록빛과 금빛 저고리 위로 솟아오른 밝고 긴 목, 넓은 황금 팔찌를 찬 길고 가늘고 반짝이는 두 손목을 그는 보았다.

무척이나 아름다운 여자였다. 싯다르타의 심장은 들떴다. 가마가 다가오자 그는 허리를 굽혀 인사를 했고, 몸을 일으키면서 밝고 정숙한 얼굴을 다시 흘끔 들여다보았다. 순간 그는 여자의 지혜롭고 둥근 두 눈을 읽었고, 한순간 풍기는 향기를 맡았는데, 지금껏 그가 알지 못했던 향기였다. 그 아름다운 여인은 잠시 웃음을 지으면서 고개를 끄덕이고는 유원 안으로 사라졌다. 그리고 뒤를 따라 하인들도 사라졌다.

'나는 좋은 징조와 더불어 이 도성에 발을 들여놨구나.'

싯다르타는 생각했다.

그는 즉시 유원 안으로 들어가고 싶었지만, 주저했다. 그제야 비로

소 하인들과 하녀들이 입구에서 자기를 어떻게 바라보았는지, 자기를 얼마나 경멸하고, 얼마나 불신하고, 얼마나 업신여겼는지 기억났다.

'나는 아직 사마나다. 여전히 나는 고행자이며 걸인이다. 이렇게 머물러 있어서는 안 된다. 이렇게 유원 안으로 들어가서는 안 된다.'

그는 그렇게 생각하며 웃었다.

길을 걷는 사람에게 그는 유원에 관해, 그 여자의 이름에 관해 물어보았다. 그리하여 그는 그곳이 카말라라는 유명한 고급 매춘부의 유원이라는 것을 알게 되었고, 그녀가 이 유원 외에도 도성 안에 집을 한 채 더 소유하고 있다는 것을 알게 되었다.

그는 도성으로 들어섰다. 그는 이제 한 가지 목표를 갖게 되었다.

그 목표에 따라 그는 도성으로 빨려 들어가 골목의 인파에 휩쓸렸고, 광장에 묵묵히 서 있기도 했으며, 강가의 돌층계에서 휴식을 취하기도 했다. 저녁 무렵 그는 어떤 이발사의 조수와 친해졌다. 싯다르타가 맨 처음 그를 보았을 때 그는 어느 아치형 건물의 그늘에서 일하고 있었는데, 그다음에 비슈누 사원에서 기도하는 모습을 다시 본 것이다. 싯다르타는 그 조수에게 비슈누와 락슈미의 설화를 이야기해 주었다. 싯다르타는 밤이 되자 강가의 배 옆에서 잠을 잤고, 아침 일찍 첫 손님이 가게에 오기 전에 이발 조수에게 부탁해 면도를 하고, 머리를 깎고, 빗질을 하고, 고급의 머릿기름을 발랐다. 그런 다음 그는 강

으로 목욕하러 갔다.

    그날 오후, 그는 아름다운 카말라가 가마를 타고 유원에 다다랐을 때 입구에 서 있다가 허리를 굽혀 인사했다. 그리고 그 매춘부의 인사를 받았다. 그는 행렬의 맨 마지막에 걸어가는 하인을 손짓으로 불러서 여주인에게 젊은 브라만이 대화를 나누고 싶어 한다고 전해 달라고 부탁했다. 잠시 후 하인이 돌아와 싯다르타에게 자기를 따라오라고 했다. 하인은 침상에 누워 휴식을 취하고 있는 카말라에게 싯다르타를 묵묵히 안내하고는 그녀 곁에 싯다르타를 남겨 두고 가 버렸다.

    "당신은 어제도 저 밖에 서서 내게 인사하지 않았나요?"

    카말라가 물었다.

    "분명 나는 어제 당신을 보았고 인사를 했습니다."

    "하지만 당신은 어제 수염을 기르고 있었고, 긴 머리를 하고 있었고, 머리에는 먼지가 끼어 있지 않았나요?"

    "잘 보셨습니다. 모든 것을 관찰하셨군요. 당신은 사마나가 되기 위해 고향을 떠나 삼 년 동안 사마나였던 싯다르타를, 브라만의 아들을 보셨습니다. 하지만 이제 나는 그 길을 버리고 이 도성으로 왔습니다. 그런데 도성에 발을 들여놓기도 전에 내가 처음으로 본 사람은 당신이었습니다. 이 말을 하기 위해서 당신께 왔습니다. 오, 카말라! 당신은 싯다르타가 눈을 내리뜨고서 말을 건넨 최초의 여자입니다. 이제

부터 나는 아름다운 여자를 만나도 눈을 내리뜨지 않을 것입니다."

카말라는 미소를 지었고, 공작새 깃털 부채를 만지작거렸다. 그리고 물었다.

"싯다르타께서는 단지 그 말을 하려고 오셨나요?"

"네, 당신께 이 말을 하려고, 그리고 당신이 이토록 아름다우신 것에 감사드리려고 왔습니다. 싫지 않다면 카말라, 당신께 내 친구이자 스승이 되어 주시기를 청하고 싶습니다. 당신이 통달한 그 기교에 대해서는 내가 아무것도 모르기 때문입니다."

그러자 카말라가 큰 소리로 웃었다.

"친구분, 사마나가 숲에서 나를 찾아와 배우겠다고 한 적은 한번도 없었어요! 긴 머리카락을 늘어뜨린 사마나가 낡고 해진 요포를 걸치고 나를 찾아온 일은 한번도 없었거든요! 많은 젊은이들이 나에게 오고, 그중에는 브라만의 아들도 있어요. 하지만 그들은 훌륭한 옷을 입고, 값비싼 신을 신고 와요. 그들은 머리에서 좋은 향내가 나고, 지갑에는 돈이 두둑하게 들어 있어요. 사마나님, 나에게 오는 젊은이들이란 이렇답니다."

싯다르타가 말했다.

"나는 벌써 당신께 배우기 시작했습니다. 어제도 이미 나는 배웠습니다. 나는 수염을 깎았고, 머리를 빗었고, 머리에 기름을 발랐습니다.

빼어나신 분이시여, 내게 부족한 것은 별것이 아닙니다. 나에겐 좋은 옷, 좋은 신, 주머니의 돈이 없을 뿐입니다. 싯다르타는 그런 사소한 것들보다 훨씬 더 어려운 일을 계획해서 그것을 이루었다는 것을 아셔야 합니다. 그러니 내가 어제 계획한 일, 즉 당신의 친구가 되어 당신께 사랑의 기쁨을 배우는 일을 이루지 못할 리가 없습니다! 카말라, 당신은 내가 습득이 빠르다는 것을 알게 될 것입니다. 당신이 내게 가르쳐야 할 것보다 더 어려운 것을 나는 이미 배웠습니다. 이제 머리에 기름은 발랐지만 옷도 없고, 신도 없고, 돈도 없는 지금 이대로의 싯다르타만으로는 당신은 만족하지 못하십니까?"

카말라가 웃으면서 큰 소리로 대답했다.

"그래요, 친애하는 분이여! 그것만으로는 아직 부족해요. 옷이 있어야 해요, 그것도 좋은 옷으로. 그리고 신, 그것도 좋은 신. 주머니에 돈이 많아야 하고, 카말라에게 줄 선물도 있어야 해요. 숲에서 오신 사마나님, 이제 아셨어요? 제 말을 아시겠어요?"

"잘 알았습니다."

싯다르타는 큰 소리로 말했다.

"그 입에서 나오는 말을 어떻게 못 알아듣겠습니까! 당신의 입은 방금 벌어진 무화과와 같습니다. 카말라, 내 입도 붉고 신선하니 당신 입에 어울릴 것입니다. 그대도 그걸 알게 될 것입니다. 하지만 아름다

운 카말라, 말해 보십시오. 당신은 사랑을 배우려고 숲에서 온 이 사마나가 무섭지 않습니까?"

"왜 내가 사마나를 두려워해야 하나요? 그것도 자칼 무리에서 빠져나온, 여자가 무엇인지 전혀 알지 못하는 숲에서 온 어리석은 사마나를요?"

"오, 그 사마나는 강합니다. 그리고 그는 아무것도 두려워하지 않습니다. 그는 당신을 굴복시킬 수도 있을 것입니다. 아름다운 아가씨, 그는 당신의 몸을 빼앗을 수도 있습니다. 그는 당신을 아프게 할 수도 있습니다."

"아니요, 사마나님! 나는 그런 것을 두려워하지 않습니다. 사마나나 브라만이 누군가가 그를 붙잡고 그의 학식, 그의 믿음, 그의 통찰력을 빼앗을까 봐 두려워하나요? 아닙니다, 그것들은 오직 그 사람에게만 속한 것입니다. 그들은 자기가 주고자 하는 것만 주고, 자기가 주고자 하는 사람에게만 줍니다. 그렇습니다. 카말라도, 사랑의 기쁨도 그와 똑같습니다. 카말라의 입은 아름답고 붉지만, 카말라의 의지를 거역하고 그 입에 키스해 보세요, 그토록 많은 달콤함을 줄 줄 아는 그 입에서 한 방울의 단맛도 얻지 못할 것입니다! 싯다르타, 당신은 습득이 빠른 분이십니다. 그러므로 이것도 배우십시오. 사랑은 구걸할 수도, 매수할 수도, 선물로 받을 수도, 골목에서 발견할 수도 있습니다. 하지

만 빼앗을 수는 없습니다. 그리 생각했다면 당신이 잘못된 길을 생각해 낸 것입니다. 저런, 당신같이 멋진 청년이 그렇게 잘못된 방식을 사랑을 가지려고 한다면 유감스러운 일일 것입니다."

싯다르타는 미소를 지으며 허리를 숙였다.

"유감스러운 일일 것입니다. 카말라, 당신 말이 아주 옳습니다! 극도로 유감스러운 일입니다. 그래요, 당신의 입에서 나오는 단 한 방울의 달콤함도 저는 놓치지 않을 것입니다. 당신도 내 입에서 나오는 것을 놓치지 않을 것입니다! 그럼 이렇게 합시다. 싯다르타는 아직 가지고 있지 못한 것, 옷, 신, 돈을 가지게 되면 다시 올 것입니다. 하지만 사랑스러운 카말라, 내게 작은 충고를 하나 해 줄 수 있습니까?"

"충고요? 물론입니다. 누가 숲의 자칼들에게서 온 불쌍하고 아무것도 모르는 사마나에게 충고를 해 주지 않으려고 하겠어요?"

"사랑하는 카말라, 그럼 내가 그 세 가지 물건을 가장 빨리 가지려면 어디로 가야 할지 알려 주십시오."

"이보세요, 많은 사람들이 그것을 알고 싶어 해요. 당신은 배운 것을 행해야만 합니다. 그리고 그렇게 한 대가로 돈과 옷과 신을 얻어야만 하죠. 다른 방법으로는 가난한 사람이 돈을 벌 수 없어요. 당신은 무엇을 할 수 있죠?"

"나는 사고할 수 있습니다. 나는 기다릴 수 있습니다. 나는 단식할

수 있습니다."

"그밖에 아무것도 없나요?"

"있습니다. 나는 시를 지을 수 있습니다. 시 한 편에 한번씩 입맞춤을 해 주시겠습니까?"

"당신의 시가 마음에 들면 그렇게 하죠. 대체 어떤 시인가요?"

싯다르타는 잠시 생각을 한 다음 이런 구절을 읊었다.

녹음 우거진 유원으로 아름다운 카말라가 들어온다.
유원 입구에 서 있는 그을린 피부의 사마나.
한 송이 수련 같은 그녀를 바라보고는 몸을 굽혀
인사를 하니 미소 지으며 답례하는 카말라.
청년은 생각했지.
이 일은 제사를 드리는 일보다 더 아름답구나.
아름다운 카말라를 섬기는 이 일은 더 아름답구나.

카말라는 황금 팔찌가 쩔렁쩔렁 소리가 날 정도로 손뼉을 치며 좋아했다.

"당신의 시구는 아름답습니다. 갈색으로 그을린 사마나여! 진심으로 내가 그 시에 대한 답으로 당신께 입맞춤을 해도 나는 아무것도 잃

을 것이 없습니다."

그녀가 두 눈으로 싯다르타를 매혹했고, 그는 그녀의 얼굴에 자기 얼굴을 굽혀 방금 벌어진 무화과 같은 입에 입술을 갖다 댔다. 카말라는 오랫동안 그에게 입을 맞추었다. 싯다르타는 그녀가 어떻게 자기를 가르치는지, 그녀가 얼마나 현명한지, 그녀가 어떻게 자기를 지배하고, 물리치고, 유혹하는지, 그리고 이 첫 번째 입맞춤에 이어, 각기 다른 맛을 지닌 채 그를 기다리는 질서 정연하고, 능수능란한 입맞춤을 깊이 경탄하며 느꼈다. 그는 깊은 숨을 내몰아 쉬며 서 있었다. 그 순간 그는 자기 눈앞에 펼쳐진 지식과 배워야 할 교훈을 깨닫고는 어린아이처럼 놀랐다.

"당신의 시는 대단히 아름답습니다."

카말라가 말했다.

"내가 돈이 많다면 대가로 금화를 드렸을 거예요. 하지만 시로 당신이 필요한 만큼의 돈을 벌기는 어려워 보이는군요. 카말라의 친구가 되려면 많은 돈이 필요하니까요."

"당신은 어떻게 입맞춤을 그렇게 잘하죠, 카말라?"

싯다르타가 말을 더듬었다.

"그래요, 나는 분명 입맞춤을 잘해요. 그렇기 때문에 저에게는 옷, 신, 팔찌 그리고 모든 아름다운 물건들이 부족하지 않아요. 하지만 당

신은 어떤 사람이 될 건가요? 당신은 사고하고, 단식하고, 시를 짓는 것 외에는 아무것도 할 수 없나요?"

"나는 제의가도 부를 수 있습니다."

싯다르타가 말했다.

"하지만 나는 그것을 더 이상 부르지 않을 것입니다. 주문도 욀 수 있지만, 더 이상 외지 않을 것입니다. 경진도 좀 읽었지만."

"잠깐."

카말라가 그의 말을 가로막았다.

"당신은 글을 읽을 줄 아나요? 쓸 줄도 알고요?"

"물론 할 줄 압니다. 많은 사람들이 그렇게 할 줄 압니다."

"대부분의 사람들은 글을 쓸 줄 몰라요. 나 또한 쓸 줄 몰라요. 당신이 읽고 쓸 줄 안다니 아주 좋은 일이에요. 아주 좋아요. 그리고 주문을 외는 것 또한 도움이 될 수 있어요."

그 순간 하녀가 달려와 여주인에게 귀에다 무언가를 말했다.

"손님이 왔어요."

카말라가 말했다.

"서둘러 이곳을 떠나 주세요, 싯다르타! 당신이 여기 있는 것을 어느 누구도 보아서는 안 돼요. 명심하세요! 내일 다시 만나요."

그녀는 이 경건한 브라만에게 흰색 저고리를 주라고 하녀에게 명령

했다. 영문도 모른 채 싯다르타는 하녀에게 이끌려 길을 돌아서 한 정자에 이르렀고, 웃옷 하나를 선사받았고, 수풀 속으로 이끌려 즉시 눈에 띄지 않게 유원에서 사라져 달라는 간절한 경고를 받았다.

그는 하라는 대로 했다. 숲에 익숙한 터라 그는 소리 없이 유원에서 나와 울타리들을 넘었다. 그는 흐뭇한 마음으로 둘둘 만 옷을 겨드랑이에 낀 채 도성으로 돌아왔다. 그는 나그네들이 묵어가는 한 객사 문 앞에 서서 말없이 먹을 것을 달라고 요청했고, 묵묵히 쌀떡 한 조각을 받아먹었다.

'내일부터는 아무에게도 먹을 것을 달라고 부탁하지 않을 것이다.'
그는 생각했다.

갑자기 그의 마음속에 자부심이 불타올랐다. 그는 이제 더 이상 사마나가 아니니, 구걸은 어울리지 않았다. 그는 그 떡을 개에게 던져 주고 음식을 먹지 않았다.

'여기 속세에서 사는 것은 간단하다.'
싯다르타는 생각했다.

'이 삶에는 어려움이란 게 없다. 내가 사마나였을 때는 만사가 어려웠고, 힘들었고, 궁극에는 희망이 없었다. 이제는 만사가 쉽다. 카말라가 내게 가르쳐 준 입맞춤처럼 쉽다. 나는 옷과 돈이 필요하다. 그 밖에는 아무것도 필요하지 않다. 그런 것은 작고 가까운 목표들이니, 그

것들로 밤잠을 설치지 않아도 된다.'

그는 이미 오래전에 도성에 있는 카말라의 집을 파악해 두었기 때문에 다음 날 그곳으로 찾아갔다.

"일이 잘되어 가는군요."

그를 맞으며 카말라가 큰 소리로 말했다.

"카마스바미 댁에서 당신을 기다리고 있을 거예요. 그는 이 도성에서 가장 부유한 상인이죠. 만약 당신이 마음에 든다면, 그가 당신을 고용할 거예요. 신중하십시오, 갈색으로 그을린 사마나여. 제가 다른 사람을 통해 그에게 당신에 관해서 이야기하라고 시켰어요. 그에게 친절히 대하세요. 그 상인은 대단히 영향력이 있어요. 하지만 너무 비굴하진 마세요! 당신이 그의 하인이 되는 것을 원치는 않아요. 당신은 그와 대등한 사람이 되어야 해요. 그렇지 않으면 나는 당신에게 만족하지 못할 것입니다. 카마스바미는 늙어서 편안히 지내고 싶어 해요. 그가 당신을 마음에 들어 하면, 당신에게 많은 일을 맡길 거예요."

싯다르타는 그녀에게 고맙다고 말하며 미소를 지었다. 그녀는 싯다르타가 어제와 오늘 아무것도 먹지 않은 것을 알고, 빵과 과일을 가져오게 해서 그를 대접했다.

"당신은 운이 좋아요."

그녀는 헤어질 때 그렇게 말을 했다.

"당신이 가는 길 앞으로 문이 하나씩 열리고 있어요. 어떻게 이렇게 일이 순조롭게 풀리나요? 당신은 어떤 마력을 갖고 있는 건가요?"

싯다르타가 말했다.

"어제 내가 당신께 말했습니다. 나는 사고할 줄 알고, 기다릴 줄 알고, 단식할 줄 안다고 말입니다. 당신은 능력이 아무 소용없다고 했습니다. 하시만 그것이 많은 일에 유용하다는 것을 카말라, 당신은 알게 될 것입니다. 당신은 숲에 사는 어리석은 사마나들이 당신들은 할 수 없는 아주 멋진 일을 배워서 행할 수 있다는 사실을 알게 될 것입니다. 그저께까지만 해도 나는 여전히 수염이 무성한 거지에 불과했지만, 어제 나는 카말라에게 입맞춤을 했습니다. 그리고 곧 상인이 되어 돈을 벌게 될 것이고, 당신이 가치를 두고 있는 그런 물건들을 모두 갖게 될 것입니다."

"그렇고말고요."

카말라는 시인했다.

"하지만 내가 없다면 당신은 어떨까요? 만약 카말라가 당신을 도와주지 않는다면 당신은 어떤 존재일까요?"

"사랑하는 카말라!"

싯다르타가 말하면서 자세를 똑바로 했다.

"내가 당신을 찾아 숲에 있는 당신의 유원으로 들어왔을 때, 나는

첫걸음을 내디딘 것이었습니다. 가장 아름다운 여인에게서 사랑을 배우는 것이 내 결심이었습니다. 내가 그렇게 결심한 순간부터, 난 그것을 이루게 되리라는 걸 알았습니다. 당신이 나를 도와주리라는 걸 알았습니다. 내가 유원 입구에서 당신을 처음 본 순간, 나는 이미 그것을 알았습니다."

"하지만 만약에 내가 그렇게 하기를 원치 않았다면?"

"당신은 돕기를 원했습니다. 보십시오, 카말라! 만약 당신이 돌 하나를 물속에 던지면, 그것은 신속하게 물 바닥으로 가라앉습니다. 싯다르타가 한 가지 목표, 한 가지 결심을 한다면 그렇게 됩니다. 싯다르타는 아무것도 하지 않습니다. 그는 기다리고, 사고하고, 단식하지만, 아무것도 하지 않은 채, 몸을 움직이지도 않은 채, 마치 물속을 헤쳐 나가는 돌처럼 세속의 일들을 헤쳐 나갑니다. 이끌리면 이끌리는 대로, 넘어지면 넘어지는 대로 놔둡니다. 그의 목적이 그를 끌어당깁니다. 왜냐하면 그는 자기의 목적에 위배되는 어떤 것도 자기 마음속에 들여놓지 않기 때문입니다. 싯다르타가 사마나들에게서 배운 것이 바로 그것입니다. 어리석은 사람들이 마술이라고 부르는 것, 마귀들이 행한다고 생각하는 것이 바로 그것입니다. 마귀들이 행하는 것은 아무것도 없습니다. 마귀는 없습니다. 만약 사고할 줄 알고, 기다릴 줄 알고, 단식할 줄 안다면, 누구나 마술을 부릴 수 있고, 누구나 자기의

목표를 달성할 수 있습니다."

카말라는 그의 말에 귀를 기울였다. 그녀는 그의 목소리를 사랑했다. 그녀는 그의 눈빛을 사랑했다.

"아마 그럴지도 몰라요."

그녀가 나지막이 말했다.

"당신이 말하는 것이 모두 사실일지도요, 친구분. 하지만 싯다르타가 멋진 남자라서, 그의 눈빛이 여자들의 마음에 들어서, 그렇기 때문에 그에게 행운이 찾아오는 것인지도 모르지요."

입맞춤을 하면서 싯다르타는 작별했다.

"그랬으면 좋겠습니다, 스승님. 나의 눈빛이 항상 당신 마음에 들고, 항상 당신으로부터 나에게 행운이 찾아왔으면 좋겠습니다!"

어린아이 같은 사람들 곁에서

싯다르타는 상인 카마스바미를 찾아갔다. 부잣집이었다. 하인들이 값비싼 양탄자들 사이에 서 있는 그를 어느 작은 방으로 안내했고, 싯다르타는 그곳에서 집주인을 기다렸다.

카마스바미가 들어왔다. 그는 백발이 다 된 머리에, 대단히 영리하고 조심성 있는 눈, 탐욕스러운 입을 가진 민첩하고 유연한 남자였다. 주인과 손님은 서로 친절하게 인사를 했다.

"내가 듣기로."

상인이 말을 시작했다.

"당신은 브라만이자, 학자이면서 상인에게서 일자리를 찾는다고 하더군요. 브라만이여, 일자리를 찾아야 하다니 당신은 곤궁에 빠지셨나요?"

"아닙니다."

싯다르타가 대답했다.

"나는 곤궁에 빠지지 않았습니다. 그리고 지금까지 곤궁에 빠진 적도 없습니다. 내가 사마나 생활을 하다가 왔으며, 오랜 세월 사마나들과 함께 살아왔다는 것을 알아주십시오."

"당신이 사마나 생활을 하다가 왔다면 어찌 곤궁하지 않겠습니까?

사마나들은 가진 것이 없지 않습니까?"

"나는 가진 것이 없습니다."

싯다르타가 말했다.

"당신이 생각하시는 것이 그런 것이라면 말입니다. 분명히 나는 가진 게 아무것도 없습니다. 그렇지만 나는 내 의지에 따라 무소유를 선택한 것입니다. 그러므로 곤궁하지 않습니다."

"하지만 당신이 가진 것이 없다면, 무엇으로 살아가려고 합니까?"

"아직 한번도 생각해 본 적이 없습니다. 주인이여, 나는 삼 년이 넘도록 가진 것이 없었습니다. 그래서 내가 무엇으로 살아가야 하는지 생각해 본 적이 없습니다."

"그래서 당신은 다른 사람의 재산으로 살아오셨군요."

"그럴지도 모르지요. 상인도 실제로 다른 사람의 소유로 살고 있는 것입니다."

"말씀 잘하셨습니다. 하지만 상인은 다른 사람들에게 그들의 것을 공짜로 받지는 않습니다. 그는 보상으로 자기의 상품을 내줍니다."

"사실상 다들 그렇게 처신하는 것 같습니다. 누구나 받고, 누구나 줍니다. 그게 인생입니다."

"실례합니다만, 당신이 가진 것이 없다면, 무엇을 주실 것입니까?"

"누구나 자기가 가진 것을 줍니다. 전사는 힘을 주고, 상인은 상품

을 주고, 스승은 가르침을, 농부는 쌀을, 어부는 물고기를 줍니다."

"알겠습니다. 모든 육체는 그렇지요. 당신이 줄 수 있는 것은 무엇입니까? 당신이 배운 것, 당신이 할 수 있는 것, 그게 무엇입니까?"

"나는 사고할 수 있습니다. 나는 기다릴 수 있습니다. 나는 단식할 수 있습니다."

"그게 전부입니까?"

"그게 전부입니다!"

"그렇다면 무슨 소용이 있습니까? 예컨대 단식 말입니다. 그것이 무엇에 유익합니까?"

"주인이시여, 그것은 대단히 좋은 것입니다. 어떤 인간이 먹을 게 아무것도 없다면, 단식은 인간이 할 수 있는 가장 현명한 방법입니다. 예컨대 싯다르타가 단식을 배우지 않았더라면, 그는 오늘 안으로 어떤 일자리든 얻지 않으면 안 될 것입니다. 당신에게서 아니면 다른 어디서라도 말입니다. 배고픔이 그렇게 하도록 강요할 테니까요. 하지만 싯다르타는 조용히 기다릴 수 있습니다. 그는 초조함을 모릅니다. 그는 궁핍을 모릅니다. 그는 오랫동안 굶주림에 시달릴지라도 그 일을 웃어넘길 수 있습니다. 주인이시여, 단식은 그렇게 하는 데 유익한 것입니다."

"당신 말씀이 옳습니다. 사마나님, 잠깐만 기다리십시오."

카마스바미는 밖으로 나갔다가 두루마리 하나를 가지고 돌아와 그것을 손님에게 내밀면서 물었다.

"이것을 읽을 수 있습니까?"

싯다르타는 매매 계약서가 적혀 있는 그 두루마리의 내용을 살펴보더니 읽기 시작했다.

"훌륭하십니다."

카마스바미가 말했다.

"이제는 이 종이에 몇 글자 써 주시겠습니까?"

그는 싯다르타에게 종이 한 장과 붓 한 자루를 내주었고, 싯다르타는 글을 써서 그 종이를 돌려주었다.

카마스바미가 그 내용을 읽었다.

글을 쓰는 것은 좋은 일이며, 생각하는 것은 더 좋은 일이다. 영리한 것은 좋은 일이며, 인내하는 것은 더 좋은 일이다.

"아주 좋은 글을 쓸 줄 아시는군요."

상인이 칭찬했다.

"우리는 서로 나눌 이야기가 많을 것 같군요. 부탁입니다만, 오늘은 내 손님이 되어 이 집에서 머물러 주십시오."

싯다르타는 고마워하며 그 부탁을 받아들였고, 그 상인의 집에 기거하였다. 그는 옷가지들을 제공받았고, 신발들도 제공받았다. 그리고 하인 한 명이 날마다 목욕 준비를 해 주었다. 하루에 두 번 풍성한 음식이 식탁에 올라왔지만, 싯다르타는 하루에 한 끼만 먹었으며, 고기나 술은 먹지 않았다. 카마스바미는 그에게 자신의 장사에 대해 설명해 주었고, 상품들과 창고들을 보여 주었고, 장부를 보여 주었다. 싯다르타는 새로운 것을 많이 배웠고, 많이 들었을 뿐 별로 말하지 않았다. 그리고 카말라의 말을 기억해 결코 상인에게 종속되지 않았다. 그리고 그 상인이 그를 동등한 사람으로, 아니, 그 이상으로 대우하도록 만들었다. 카마스바미는 때로는 신중하게, 때로는 열정적으로 자신의 사업을 운영해 나갔다. 그러나 싯다르타는 그 모든 것을 장난처럼 여겼다. 그는 사업의 규칙을 정확하게 배우려고 노력했지만, 그 내용이 마음에 감동을 주지는 못했다.

카마스바미의 집에서 지낸 지 얼마 되지 않아서 싯다르타는 벌써 주인의 장사에 관여하게 되었다. 그는 날마다 카말라가 그에게 알려 준 시간에 맞춰 멋진 옷을 입고, 고급 신을 신고 아름다운 그녀를 찾아갔다. 그리고 그녀에게 선물도 가져다주었다. 그녀의 붉고 현명한 입은 그에게 많은 것을 가르쳐 주었다. 그녀의 부드럽고 유연한 손도 그에게 많은 것을 가르쳐 주었다. 싯다르타는 사랑에 있어서는 아직

소년이며 마치 바닥 없는 심연으로 뛰어들 듯 맹목적이고도 분별없이 쾌락 속으로 뛰어드는 경향이 있었다. 그런 그에게 그녀는 어느 누구도 쾌락을 주지 않고는 쾌락을 얻을 수 없다는 것을, 그리고 모든 몸짓, 모든 애무, 모든 접촉, 모든 주시, 모든 육체는 아주 작은 부분까지도 저마다의 비밀을 가지고 있으며 그 비밀은 그것을 아는 사람에게 행복을 불러일으킬 준비가 되어 있다는 가르침을 기초부터 가르쳐 주었다. 그녀는 사랑하는 사람들은 사랑의 향연이 끝난 후에 서로가 상대방에게 경탄을 불러일으키지 못한 채로, 상대를 이긴 것 만큼 패배하지 않고 헤어져서는 안 되고, 두 사람 중 어떤 사람에게도 싫증이나 허탈감을 불러일으키거나, 강제로 범했다거나 강제로 당했다는 불쾌한 감정이 생기게 해서는 안 된다고 가르쳤다. 그는 아름답고 영리한 이 재주꾼과 함께 형용할 수 없을 정도로 황홀한 시간을 보냈으며, 그녀의 제자가, 애인이, 친구가 되었다. 그가 살아가는 현재의 가치와 의미는 카말라에게 있었지, 카마스바미의 장사에 있지 않았다.

상인은 중요한 편지와 계약서를 작성하는 일을 싯다르타에게 맡겼고, 모든 중요한 일을 그와 상의하는 데 익숙해졌다. 얼마 후, 그는 싯다르타가 쌀과 면, 배의 운항과 장사에 관해서 별로 알지 못하지만 그의 손이 행운의 손이라는 것, 그리고 싯다르타가 평온함과 침착함에 있어서 상인인 자기보다 훨씬 낫다는 것, 그리고 낯선 사람의 말을 경

청하는 능력과 통찰하는 기교에 있어서 자기보다 낫다는 것을 알게 되었다.

"그 브라만은,"

그가 한 친구에게 설명했다.

"진정한 상인이 아니며, 앞으로도 상인이 되지는 않을 걸세. 그의 영혼은 열정을 갖고 사업에 임하지 않는다네. 하지만 그는 성공이 저절로 찾아오는 그런 사람의 비밀을 갖고 있어. 그것이 타고난 좋은 별자리든, 마법이든, 그가 사마나들에게 배운 것이든 간에 말이야. 그는 사업을 장난처럼 할 뿐이야. 한번도 사업에 몰두한 적이 없어. 사업이 그를 지배하지도 못해. 그는 결코 실패를 두려워하지 않고, 손해를 근심하지도 않아."

친구는 상인에게 충고했다.

"그가 자네를 위해 하는 사업에서 얻은 이익의 삼분의 일을 그에게 나누어 주게. 그리고 손해가 발생하면 손해 본 것의 똑같은 몫을 그에게 부담시키도록 하게. 그러면 그 사람이 일에 더 열중하게 될 걸세."

카마스바미는 그 충고를 따랐다. 하지만 싯다르타는 그것에 별로 마음을 쓰지 않았다. 자기에게 이익이 생기면 무심하게 이익을 가졌고, 손실이 나면 웃으면서 말했다.

"이런, 이번 일은 잘못되었군."

실제로 싯다르타는 사업에 무심한 듯했다. 한번은 그가 많은 양의 쌀을 수매하기 위해서 어느 시골로 여행을 갔다. 하지만 그가 도착했을 때 이미 쌀은 다른 상인에게 모두 팔리고 없었다. 그럼에도 불구하고 싯다르타는 여러 날을 그 마을에서 머물며 농부들을 대접했다. 그는 농부의 자녀들에게 용돈을 주었고, 결혼식에 참석하고, 아주 만족해하며 여행에서 돌아왔다. 카마스바미는 그가 시간과 돈을 허비했다고 책망했다.

그에 싯다르타는 이렇게 대답했다.

"책망을 거두어 주십시오, 사랑하는 친구여! 책망으로 이룰 수 있는 일은 아무것도 없습니다. 만약 손해가 났으면 내게 손해를 부담시키십시오. 나는 이번 여행이 대단히 만족스러웠습니다. 나는 여러 부류의 사람들을 알게 되었습니다. 어느 브라만은 내 친구가 되었고, 아이들은 내 무릎 위에 올라와 놀았고, 농부들은 내게 그들의 논을 보여주었고, 아무도 나를 장사꾼으로 취급하지 않았습니다."

"모든 일이 아주 잘됐군요."

카마스바미가 언짢은 듯 목소리를 높였다.

"하지만 당신은 결국 상인이란 말입니다! 대체 당신은 단지 즐기기 위해서 여행을 간 것입니까?"

"맞습니다."

싯다르타가 웃었다.

"분명 나는 즐기기 위해서 여행을 갔습니다. 그렇지 않다면 무엇 때문에 갔겠습니까? 나는 사람들과 여러 지역을 알게 되었고, 친절함과 신뢰를 즐겼고, 우정을 발견했습니다. 보십시오, 친구여. 내가 만약 카마스바미였다면 일이 수포로 돌아간 것을 알자마자 단단히 화가 나서 서둘러 돌아왔을 것입니다. 그러면 시간과 돈이 실제로 낭비됐을 겁니다. 하지만 나는 좋은 날들을 보냈고, 기쁨을 누렸고, 화를 내고 조급하게 굴어서 내게 해를 끼치지도 않았고, 다른 이들에게도 해를 끼치지 않았습니다. 만약 내가 혹시라도 추후에 수확물을 구매하거나 어떤 목적으로든 언젠가 다시 그곳에 간다면, 친분이 있는 사람들이 나를 친절하고 유쾌하게 맞아 줄 것입니다. 그러면 나는 그 당시에 조급함과 불쾌함을 나타내지 않은 나를 칭찬하게 될 것입니다. 그러므로 이쯤 해 둡시다, 친구여. 그리고 책망으로 당신을 해치지 마십시오! '이 싯다르타가 나에게 해를 끼치고 있어'라고 생각하는 날이 온다면, 한마디 말만 해 주십시오. 그러면 싯다르타는 자기의 길을 갈 것입니다. 하지만 그때까지 우리 서로에게 만족합시다."

고용주인 카마스바미는 싯다르타가 자신의 빵을 먹고산다는 것을 납득시키려 해 보았지만 소용이 없었다. 싯다르타는 자기 자신의 빵을 먹었다. 오히려 그들 두 사람은 다른 사람들의 빵을, 모든 사람들

의 빵을 먹고 있었다. 싯다르타는 한번도 카마스바미의 근심에 귀를 기울이지 않았다. 그런데 카마스바미는 근심이 많았다. 사업이 실패할 위험에 빠지거나 발송한 물품이 어디론가 사라졌을 때, 채무자가 지불할 능력을 상실했을 때, 카마스바미는 걱정하거나 분통을 터뜨렸다. 그리고 이마에 주름을 잡고 잠을 제대로 이루지 못했다. 그러면 싯다르타는 그렇게 하는 것이 아무런 도움도 안 된다는 태도를 보였다. 언젠가 카마스바미가 싯다르타가 알고 있는 모든 것이 자신에게 배운 것이라고 그에게 훈계하자, 싯다르타는 이렇게 대답했다.

"그런 농담으로 나를 희롱하지 마십시오! 나는 당신에게서 생선 한 바구니가 얼마인지, 빌려준 돈에 대해 이자를 얼마나 요구할 수 있는지를 배웠습니다. 그것이 당신의 지식입니다. 나는 당신에게서 사고하는 것을 배우지는 않았습니다. 친애하는 카마스바미여, 내게서 그것을 배워 보도록 하십시오."

실제로 그의 마음은 장사에 있지 않았다. 사업은 단지 카말라에게 가져다주기 위하여 필요한 만큼의 돈을 벌기 위한 것이었다. 사업은 그가 필요로 하는 것보다 훨씬 더 많은 것을 가져왔다. 사업, 직업, 근심이나 기쁨, 우둔함과 같은 것은 예전의 그에게는 달처럼 멀고 낯선 것이었다. 싯다르타가 관심과 호기심을 나타낸 대상은 그가 상대하는 사람들이었다. 그래서 싯다르타는 그들과 더불어 이야기하고, 함께하

고, 배우는 데 쉽게 성공했다. 그럼에도 불구하고 그들과 차이가 있다는 것을 자각했는데, 그 차이점은 바로 사마나의 정신이었다. 그는 사람들이 어린아이나 짐승 같은 방식으로 살아간다는 것을 알게 되었고, 그것을 좋아하는 동시에 경멸했다. 그는 사람들이 그가 생각하기에 완전히 무가치하게 보이는 것들, 그러니까 돈을 벌기 위해, 사소한 쾌락을 위해, 사소한 명예를 위해 애쓰는 것을 보았고, 고생하고 늙어 가는 것을 보았고, 서로 책망하고 모욕을 주는 것을 보았으며, 사마나라면 웃어넘길 고통에 비탄하고, 사마나라면 느끼지 못할 궁핍에 괴로워하는 것을 보았다.

그러한 인간들이 가져오는 모든 것을 싯다르타는 마음을 열고 받아주었다. 그는 자신에게 아마천을 구매하도록 제안하는 상인을 환영했고, 돈을 꾸러 오는 채무자를 환영했고, 한 시간 동안이나 자기가 가난하다고 이야기하지만 실상은 어느 사마나보다도 가진 것이 많은 거지도 환영했다. 그는 부유한 외국 상인도 자기의 수염을 깎아 주는 하인이나 바나나를 살 때 푼돈을 벌려고 자기를 속이는 행상과 다를 바 없이 동등하게 대우했다. 카마스바미가 근심을 호소하거나 사업 때문에 자기를 책망하러 올 때도 그는 호기심에 차서 즐겁게 경청해 주었고, 그를 이상하게 여기면서도 그를 이해하려고 애썼고, 불가피하게 보이는 한에서는 그의 말이 다소 옳다고 인정해 주었다. 그러다가도 다음

사람이 오면 몸을 돌려 새로운 사람을 상대했다. 사실 많은 사람이 그에게 찾아왔다. 많은 사람이 그와 거래하기 위해서, 그를 속이기 위해서, 그의 비밀을 캐내기 위해서, 그의 동정을 사기 위해서, 그의 충고를 듣기 위해서 찾아왔다. 그는 충고해 주고, 동정해 주고, 선물해 주고, 조금은 속아 주기도 했다. 싯다르타는 예전에 신들과 브라만에 몰두했던 것만큼이나 그 모든 유희와 이 유희를 도모하는 사람들의 정열에 몰두했다.

이따금 그는 가슴속 깊은 곳에서 꺼져 가는 나지막한 음성을 감지했다. 그 음성은 그가 거의 알아듣지 못할 정도로 나지막이 경고하고 나지막이 호소했다. 그럴 때마다 그는 자신이 이상한 생활을 하고 있다는 것을, 자신이 단지 유희에 몰두하고 있다는 것을, 자신이 때때로 기쁨을 느끼지만 원래의 삶은 그와는 먼 곳에서 흘러가고 있다는 것을 자각했다. 마치 공놀이하는 사람이 공을 가지고 놀듯이, 그는 사업을 가지고 놀았으며 주위 사람들과 사교하고, 그들을 바라보고, 그들을 재미있어 했다. 하지만 그가 진실한 마음으로 자기 본성의 원천에 따라 그곳에 존재하는 것은 아니었다. 존재의 원천은 그로부터 멀리 떨어진 어딘가로 보이지 않게 흘러갔으며, 그의 삶과는 더 이상 아무 상관이 없었다. 그는 가끔 그런 생각에 깜짝 놀랐다. 그리고 어린아이 같은 일상의 일들에 열성과 진심을 다하고, 방관자로 머무는 것이 아

니라 실제로 행동하고, 실제로 즐기고, 실제로 살아갈 수 있다면 얼마나 좋을까 하고 바랐다.

그러나 그는 몇 번이고 아름다운 카말라에게로 가서 사랑의 기술을 배웠고, 주고받는 행위가 그 어느 것보다도 일치되는 쾌락의 의식을 행했고, 담소를 나누었고, 가르침을 받았고, 충고를 하고, 충고를 받았다. 그녀는 예전에 고빈다가 싯다르타를 이해했던 것보다 그를 더 잘 이해했고, 그와 더 닮아 있었다.

어느 날 싯다르타가 카말라에게 말했다.

"당신은 나와 비슷합니다. 대다수의 사람들과 다릅니다. 당신은 다른 어떤 존재가 아니라 카말라이고, 당신의 내면에는, 나 또한 그럴 수 있듯이 어느 때든 파고들어 평안히 쉴 수 있는 고요한 도피처가 있습니다. 그런 것을 가진 사람은 얼마 안 됩니다. 실은 모든 사람이 다 그런 것을 가질 수 있는데 말입니다."

"모든 사람이 다 영리하지는 않아요."

카말라가 대답했다.

"아닙니다."

싯다르타가 부정했다.

"그것이 중요한 게 아닙니다. 카마스바미는 나만큼이나 영리합니다만, 자기 안에 도피처를 갖고 있지 않습니다. 이성이 어린아이 같아도

도피처를 갖고 있는 사람도 있습니다. 카말라, 대다수의 사람들은 바람에 나부끼며 흩날리다가 땅으로 떨어지는 나뭇잎과 같습니다. 하지만 얼마 안 되는 숫자이기는 하지만 별과 같은 사람도 있습니다. 그들은 고정불변의 궤도를 따라 걸으며, 어떤 바람도 그들에게 도달하지 못하고, 그들 내면에는 자신들 나름대로의 법칙과 궤도를 갖고 있습니다. 내가 알고 있는 많은 학자와 사마나들 가운데 그런 의미로 완전한 인간은 단 한 사람뿐인데, 나는 그를 결코 잊을 수 없습니다. 그분은 세존이시며, 바로 그 가르침의 포고자이신 고타마이십니다. 수천 명의 제자들이 매일 그분의 가르침을 듣고, 매시간 그분의 규율을 따르고 있지만, 그들 모두는 떨어지는 낙엽에 불과하고, 자기 자신 안에 가르침과 법칙을 갖고 있지 않습니다."

카말라는 미소를 지으며 싯다르타를 바라보고 말했다.

"당신은 또 그분에 대해 말씀하시네요. 또다시 당신은 사마나가 된 것 같아요."

싯다르타는 입을 다물었다. 그리고 사랑의 유희를 벌였다. 카말라가 알고 있는 서른 가지 혹은 마흔 가지의 다양한 유희들 중 하나였다. 그녀의 몸은 표범의 몸처럼, 사냥꾼의 활처럼 유연했다. 그녀에게 사랑을 배운 사람은 더 많은 쾌락, 더 많은 비밀에 통달했다. 오랫동안 그녀는 싯다르타와 유희를 벌였고, 그를 유혹하거나 밀쳐 냈으며, 그

에게 강요했고, 얼싸안았다. 그리고 그가 정복당할 때까지, 그리고 지쳐서 자신의 옆에서 휴식을 취할 때까지 그의 능숙한 솜씨를 즐겼다.

여인은 그의 몸 위에 자기의 몸을 구부리고, 그의 얼굴을, 피로에 지친 그의 두 눈을 오랫동안 들여다보았다.

"당신은 내가 본 사람 중 최고의 애인이에요."

그녀가 생각에 잠겨 말했다.

"당신은 다른 사람들보다 더 강하고, 더 유연하고, 더 의욕적이에요. 싯다르타, 당신은 나의 기교를 잘 배웠어요. 언젠가 내가 나이가 들면, 당신의 아이를 갖고 싶어요. 그런데 당신은 아직 사마나에 머물러 있어요. 내 마음은 이런데 당신은 나를 사랑하지 않아요. 당신은 어떤 사람도 사랑하지 않아요. 그렇지 않나요?"

"그럴지도 모릅니다."

싯다르타가 피곤에 지쳐 말했다.

"당신과 마찬가지지요. 당신 또한 아무도 사랑하지 않습니다. 그렇지 않다면 어떻게 사랑을 기교로써 행할 수 있겠습니까? 우리 같은 부류의 사람들은 어쩌면 사랑할 수 없을 겁니다. 어린아이 같은 사람들은 그럴 수 있지만요. 그것이야말로 그들의 비밀일 것입니다."

윤회

오랫동안 싯다르타는 속세의 삶, 쾌락의 삶을 살았지만 그런 삶에 완전히 빠지지는 않았다. 사마나 시절에 억눌렸던 격렬한 관능이 깨어나 부귀를 맛보았고, 환락을 맛보았고, 권세를 맛보았다. 그럼에도 불구하고 오랜 세월 동안 그는 마음속으로는 아직도 사마나에 머물러 있었는데, 그 사실을 카말라, 그 영리한 여인은 정확히 간파하고 있었다. 그의 삶을 지배하는 것은 여전히 사고, 기다림, 단식의 기술이었고, 그가 속세의 사람들에게 낯선 존재이듯이, 어린아이 같은 사람들은 여전히 그에게 낯선 존재로 남아 있었다.

세월은 흘러갔다. 그러나 싯다르타는 안일함에 휩싸여 세월의 경과를 느끼지 못하였다. 그는 부자가 되었다. 그는 오래전에 이미 자신의 집과 자신의 하인들, 그리고 교외 강변에 정원을 소유하게 되었다. 사람들은 그를 좋아했고, 돈이나 충고가 필요할 때면 그를 찾아왔지만, 카말라를 제외하고는 어느 누구도 그와 가까이 지내는 사람이 없었다.

그가 한창 젊었던 옛 시절, 고타마의 가르침을 듣고 고빈다와 작별한 이후 체험했던 저 높고 투명한 각성, 저 긴장으로 가득 찬 기대, 가르침도 없고 스승도 없이 지낸 저 자부심에 찬 고독, 그리고 자신의 마음속에서 신의 음성을 듣겠다는 유연한 각오는 점차 추억이 되었

고, 허무한 일이 되었다. 과거에는 그의 가까운 곳, 그의 내면에서 졸졸 흐르던 성스러운 샘이 멀리서 희미한 소리를 내며 흘러갔다. 그가 오래 전 사마나들에게 배웠고, 고타마에게 배웠고, 브라만인 자기 아버지에게 배웠던 많은 것은 여전히 마음속에 남아 있었다. 절도 있는 생활, 사고에 대한 기쁨, 몰입 수행의 시간, 자기, 즉 육체나 의식이 아닌 영원한 자아에 관한 비밀스러운 앎이었다. 그것들은 아직 그의 마음속에 남아 있었지만, 하나씩 가라앉아 점점 먼지로 뒤덮였다. 마치 도공의 물레가 한번 움직이면 오랫동안 돌다가 서서히 지쳐서 멈추는 것처럼, 싯다르타의 영혼 속에서 고행의 바퀴, 사고의 바퀴, 분별의 바퀴가 여전히 흔들흔들 돌고는 있었지만, 그 바퀴는 이제 느려져서 멈출 듯 말 듯 정지 상태에 가까이 와 있었다. 마치 죽어 가는 나무에 습기가 들어차 서서히 줄기를 채워서 썩게 만들듯이, 세속과 타성이 싯다르타의 영혼에 스며들어 서서히 그의 영혼을 가득 채웠다. 그것은 그를 무겁게 만들었고, 피곤하게 했고, 잠들게 했다. 그 대신 그의 관능은 살아나 많은 것을 배웠고, 많은 것을 체험했다.

싯다르타는 장사하는 법, 인간을 다스리는 권력을 행사하는 법, 여자를 즐기는 법을 배웠고, 아름다운 옷을 입는 법, 하인들에게 명령하는 법, 향기로운 물에서 목욕하는 법을 배웠다. 그는 섬세하고 정성스럽게 준비한 음식을 먹는 법, 생선, 육류와 조류, 향료와 단 음식을 먹

는 법을 배웠고, 인간을 게으르게 하고 망각하게 만드는 술 마시는 법도 배웠다. 그는 주사위를 가지고 놀음하는 법과 장기 두는 법, 무희들을 구경하는 법, 가마를 타는 법, 부드러운 침대에서 자는 법을 배웠다. 하지만 여전히 그는 다른 사람들과 다르며 그들보다 우월하다고 느꼈다. 싯다르타는 항상 약간은 조소하는 마음으로, 약간은 비웃는 듯한 마음으로, 즉 시마니가 세상 사람들에 대해 경멸감을 느끼는 것과 같은 그런 마음으로 사람들을 바라보았다. 카마스바미가 몸이 불편할 때마다, 화를 낼 때마다, 모욕당했다고 느낄 때마다, 사업 걱정으로 괴로워할 때마다, 싯다르타는 항상 조소하면서 그것을 바라보았다. 하지만 수확기와 우기가 몇 번이고 지나면서 서서히, 그리고 눈치채지 못할 정도로 싯다르타의 조소는 점점 무뎌졌고, 우월감은 점점 침체되었다. 재산이 늘어 가면서 싯다르타는 세상 사람들의 기질을, 그들의 천진난만함과 두려움을 가지게 되었다. 그리고 싯다르타는 그들을 부러워하기에 이르렀다. 자신이 그런 사람들과 닮아 갈수록 그는 점점 더 그들을 부러워했다. 그는 자기가 가지지 못했으나 그들이 가지고 있는 한 가지를 부러워했다. 그들이 인생에 부여하는 중대성, 기쁨이나 불안에 대한 그들의 열정, 영원한 사랑의 열병이라는 불안하지만 달콤한 행복을 부러워했다. 사람들은 언제나 자기 자신, 여자들, 자식들, 명예나 돈, 계획이나 희망에 사로잡혀 있었다. 하지만

싯다르타는 그것을, 그 어린아이 같은 기쁨과 어린아이 같은 어리석음만은 배우지 못했다. 그는 사람들에게서 자신이 경멸하는 불쾌감을 배웠다. 사교 모임을 하고 돌아온 다음 날 아침, 그는 오랫동안 침대에 누워 몽롱함과 피곤을 느끼는 일이 잦아졌다. 카마스바미가 걱정거리를 가지고 와서 괴롭히면 참지 못하고 화를 내기도 했다. 주사위 놀음을 하다가 돈을 잃으면 지니치게 큰 소리로 웃는 일도 생겼다. 그의 얼굴은 여전히 다른 사람보다는 더 영리하고 더 슬기로웠지만 전에 비해 별로 웃지 않았다. 대신 부자들의 얼굴에서 흔히 발견되는 그런 표정들이 하나씩 보였다. 불만족스러운 표정, 약한 표정, 언짢은 표정, 나태한 표정, 몰인정한 표정들이 가끔 나타났다. 부자들이 가진 영혼의 병이 서서히 싯다르타를 엄습하고 있었다.

　베일처럼, 엷은 안개처럼 피곤이 서서히 매일 조금씩 더 짙게, 매달 조금씩 더 탁하게, 매년 조금씩 더 무겁게 싯다르타를 엄습했다. 마치 새 옷이 세월과 함께 낡고, 아름다운 색이 바래고, 흠집이 생기고, 주름이 생기고 단이 뜯기고, 여기저기 해진 자국과 실밥 자국이 드러나듯이, 싯다르타가 고빈다와 헤어진 후에 시작된 그의 새로운 삶은 그렇게 낡아서 흘러가는 세월과 함께 색과 빛을 잃었고, 주름과 흠집이 쌓였고, 환멸과 역겨움이 바닥에 깔려 어느덧 여기저기 흉한 모습을 드러내기 시작했다. 싯다르타는 그것을 알아채지 못했다. 그는 단지

예전에 자신의 내면에 깨어 있었던, 그리고 자신의 화려했던 시절에 언제나 자기를 이끌어 주었던, 내면에서 울려 나오던 그 밝고 확실한 음성이 침묵을 지키고 있다는 사실만을 깨닫고 있었다.

  세속이 그를 사로잡았다. 쾌락, 욕망, 타성이 그를 사로잡았으며, 가장 어리석은 것이라고 경멸하고 조롱하던 악습도 그를 사로잡았다. 재산, 소유물 그리고 부 또한 결국에는 그를 사로잡았다. 그것들은 더 이상 그에게 놀이와 장난거리가 아니었다. 오히려 속박이며 부담이었다. 싯다르타는 기이하고 교활한 인생길을 걷던 중에 결국 최하급이라고 여겼던, 비열한 예속과도 같은 주사위 놀음에까지 빠져들었다. 마음속에서 사마나가 되기를 중단한 그 순간부터 싯다르타는 이전에는 소인배들의 습성이라며 웃으면서 도외시하던 도박에, 돈과 귀중품을 거는 그 놀음에 점점 열정적으로 몰두하기 시작했다. 그는 무서운 노름꾼이었다. 판돈이 어마어마하게 컸기에 몇몇 사람만이 감히 그와 도박을 할 뿐이었다. 싯다르타는 마음의 궁핍 때문에 도박을 했다. 경멸스러운 돈을 도박에서 탕진하는 것은 그에게 분노 속에서도 기쁨을 주었다. 다른 방법으로는 상인들의 우상인 부에 대한 경멸을 더 뚜렷하고 모욕적으로 드러내 보일 수가 없었다. 그래서 그는 자기 자신을 증오하고, 자기 자신을 조소하면서 대담하고 사정없이 도박을 했으며, 수만금을 싹쓸이해 벌기도 했고, 수만금을 낭비하기도 했다. 그는

돈과 보석을 잃고, 별장을 날렸고, 다시 찾았다가는 또다시 잃었다. 도박을 하고 엄청난 판돈을 거는 동안에 느끼는 저 두렵고 가슴 죄는 불안, 바로 그 불안을 싯다르타는 사랑했고, 그 불안을 늘 새롭게 하고, 늘 고조시키고, 늘 더 크게 자극하려고 시도했다. 왜냐하면 그러한 감정 속에서만 지금 자신의 싫증 나고 미온적이며, 무미건조한 삶 가운데서 나타나는 행복 비슷한 것, 도취 비슷한 것, 고양된 삶 비슷한 것을 더 느낄 수 있었기 때문이다.

그는 큰 손실을 볼 때마다 새로이 부를 획득할 궁리를 했고, 더 집요하게 장사에 박차를 가했으며, 채무자들을 들들 볶아 댔다. 계속 도박을 하고, 계속 탕진을 해서 부에 대한 자신의 경멸감을 드러내고 싶었기 때문이다. 싯다르타는 손해를 볼 때면 침착함을 잃었다. 그는 연체하는 채무자에게 인내심을 잃었고, 거지에 대하여 관대함을 잃었고, 기부에 대한 즐거움도 잃었고, 간청하는 사람에게 돈을 빌려주는 즐거움도 잃었다. 그는 한판의 도박에서 수만금을 잃고도 웃었지만, 장사에서는 더욱 엄격하고 더욱 좀스러워졌고, 심지어 잠을 자면서 돈에 대한 꿈을 꾸기도 했다! 그리고 이따금 그 끔찍한 마법에서 깨어날 때마다, 때때로 침실 벽에 걸린 거울에 비친 자기 얼굴이 더 늙고 더 흉측하게 된 것을 볼 때마다, 때때로 부끄러움과 역겨움이 자기를 엄습할 때마다 계속 도피했고, 새로운 도박 속으로 피했고, 육욕과 술

이 주는 마취 속으로 도망쳤다. 그리고 그곳에서 돈을 긁어모아 축적하고, 돈을 얻고자 하는 충동을 가지고 되돌아왔다. 그러한 무의미한 악순환 속에서 그는 지치고, 늙고, 병들어 갔다.

그러던 어느 날, 그는 꿈을 통해 경고를 받았다. 저녁 시간에 싯다르타는 카말라의 집, 그녀의 아름다운 유원에 있었다. 그들은 나무 아래 앉아서 대화를 나누고 있었는데, 카말라가 사려 깊은 말을 꺼냈다. 배후에 슬픔과 피로가 감춰진 말이었다. 그녀는 고타마에 대해 이야기해 달라고 부탁했다. 그의 눈이 얼마나 순수한지, 그의 입이 얼마나 고요하고 아름다운지, 그의 미소가 얼마나 자비로운지, 그의 걸음걸이가 얼마나 평화로웠는지 싯다르타가 이야기해 주어도 그녀는 충분히 흡족해하지 않았다. 싯다르타는 오랫동안 그녀에게 세존 붓다에 대해 이야기를 해 주어야만 했는데, 카말라는 한숨을 내쉬며 말했다.

"언젠가, 어쩌면 곧, 나도 붓다를 따르게 될 거예요. 나는 그분에게 내 유원을 바치고 그분의 가르침에 귀의할 거예요."

하지만 그녀는 그렇게 말하고 나서 그를 유혹했다. 그녀는 사랑의 유희를 즐기면서 그 공허하고 덧없는 쾌락에서 마지막으로 남은 달콤한 물방울을 쥐어짜려는 듯이 입술을 깨물고 눈물을 흘리며 고통스러운 열정으로 싯다르타를 끌어안았다. 이상하게도 싯다르타는 육욕이 얼마나 죽음과 가까운 것인지 그토록 명징하게 깨달은 적이 없었다.

그는 그녀 옆에 누웠다. 카말라의 얼굴이 가까이 있었다. 싯다르타는 여인의 눈 아래와 입언저리에서 이제까지 보지 못한 불안한 글자를 읽었다. 미세한 선들과 그윽한 주름으로 된 글자는 가을과 늙음을 상기시켜 주었다. 이제 겨우 마흔 줄에 들어선 싯다르타 자신도 검은 머리 사이로 여기저기 흰 머리카락이 보였다. 피로감이 카말라의 아름다운 얼굴에 드러나 있었다. 즐거운 목표 없이 오랜 인생길을 걷는 데서 생긴 피로감, 시들어 가기 시작하는 기색, 그리고 숨겨진, 아직 말하지 않은, 어쩌면 아직 한번도 의식하지 못한 불안감, 즉 늙음에 대한 두려움, 인생의 가을에 대한 두려움, 필연적인 죽음에 대한 두려움이 그 얼굴에 역력히 드러나 있었다. 한숨을 내쉬면서 카말라와 작별한 싯다르타의 마음은 불쾌함과 은폐된 불안감으로 가득 차 있었다.

 카말라와 헤어진 뒤 싯다르타는 자기 집에서 무희들과 술을 마시며 밤을 보냈다. 그는 더 이상 그렇지 않음에도 같은 계급의 사람들보다 우월한 사람인 척 과시했고, 많은 술을 마셨고, 자정이 지나서야 피곤하지만 흥분한 상태로, 울음이 터질 것 같은 기분으로, 그리고 절망에 빠질 것 같은 기분으로 잠자리에 들었다. 한참 동안 잠을 청해 보았지만 헛수고였다. 그는 더 이상 참을 수 없을 정도로 비참해졌고, 가슴속은 메스꺼움으로 가득 찼다. 미지근하고 역겨운 술 냄새, 지나치게 달콤하지만 단조로운 음악, 무희들의 나긋나긋한 웃음, 그녀들의 머리

카락과 젖가슴에서 풍기는 달콤한 향내가 구토를 불러일으켰다. 하지만 그는 무엇보다도 자기 자신이, 향내 나는 머리카락이, 입에서 나는 술 냄새가, 축 늘어진 피부에서 오는 피로감과 혐오감이 참을 수 없이 싫었다. 마치 과식을 하거나 과음을 한 사람이 고통을 느끼며 다시 토해 내고 후련해진 것을 기뻐하듯이, 그는 이 무시무시한 혐오감의 물결에 휩싸여 잠을 못 이루면서 이 향락에서, 이 습관에서, 이 모든 무의미한 생활에서 그리고 자기 자신에게서 벗어나기를 갈망했다. 싯다르타는 아침이 되어 집 밖 거리에서 사람들의 일이 시작되고 나서야 비로소 꾸벅꾸벅 졸았는데, 꿈인 듯 생시인 듯 몽롱한 상태라는 막연한 예감이 들었다. 그 순간 그는 꿈을 꾸었다.

카말라는 황금 새장 속에 지저귀는 진귀한 작은 새 한 마리를 기르고 있었다. 그는 그 새에 대한 꿈을 꾸었다. 꿈은 이러했다. 아침이면 늘 지저귀던 새가 벙어리가 되었다. 새 소리가 들리지 않자 싯다르타는 새장 앞으로 가서 안을 들여다보았다. 그 작은 새는 죽어서 바닥에 뻣뻣하게 누워 있었다. 그는 새를 꺼내 손에 올려놓고 흔들어 보고 나서 골목으로 던져 버렸다. 바로 그 순간 그는 소스라치게 놀랐다. 마음이 아팠다. 마치 그가 죽은 새와 함께 자신의 모든 가치와 재산을 던져 버린 느낌이 들었다.

꿈에서 깬 싯다르타는 깊은 비통함에 사로잡혔다. 그는 무가치하

게, 무가치하고도 무의미하게 삶을 허비했다는 생각이 들었다. 살아 있는 그 무엇도, 소중하거나 보전할 만한 가치가 있는 그 무엇도 그의 손에 남아 있지 않았다. 그는 마치 난파당한 사공이 강가에 서 있듯이 외롭고 허전하게 그렇게 서 있었다.

암담한 마음으로 싯다르타는 자기 소유의 유원으로 가서 문을 잠그고 망고 나무 아래에 주지앉았다. 그는 마음속에서 죽음을 느꼈고, 가슴속에서 전율을 느꼈다. 그렇게 앉아서 그 느낌이 자기 안에서 어떻게 죽어 가고 있는지, 자기 안에서 어떻게 시들어 가는지, 자기 안에서 어떻게 끝나 가는지를 느꼈다. 점차 그는 생각을 집중해, 떠올릴 수 있는 첫날부터 시작해 마음속으로 자기 삶의 전체 여정을 다시 한번 걸었다. 도대체 언제 행복이라는 것을 체험했고 참된 기쁨을 느꼈던가? 아, 그렇다. 여러 번 그런 것을 체험했었다. 소년 시절에 그는 그것을 맛본 적이 있다. 브라만들에게 칭찬을 받을 때면 마음속에서 그런 행복과 기쁨을 느꼈다. 성스러운 경전 구절을 암송하고, 학자들과 토론하고, 제사를 지낼 때 조수로서 두각을 나타내면 그런 행복을 느꼈다. 그때 싯다르타는 마음속에서 다음과 같은 소리가 들려오는 것을 느꼈다.

"하나의 길이 네 앞에 놓여 있다. 너는 그 길을 걸어가도록 소명을 받았고, 신들이 너를 기다리고 있다."

청년 시절에는 모든 사고의 목표가 점점 더 높아졌고, 같은 길을 가

는 무리 가운데에서도 특히 뛰어났다. 그는 브라만의 뜻을 알기 위해 필사적으로 노력했다. 매번 도달한 지식이 그의 마음속에서 새로운 갈증만을 불러일으켰을 때, 그야말로 갈증의 한가운데에서 고통스러워 하며 그는 다시 이와 같은 소리를 들었다.

'계속 나아가라! 정진하라! 너는 소명을 받은 몸이다.'

고향을 떠나 시마나의 생활을 선택했을 때, 그리고 다시 사마나로부터 떠나 완성자에게 갔을 때, 그리고 또 그분을 떠나 불확실한 것 속으로 들어갔을 때, 그는 그 음성을 들었다. 그 음성을 얼마나 오랫동안 듣지 못했고, 얼마나 오랫동안 그 높은 경지에 도달하지 못했으며, 그의 길이 얼마나 평탄하고 황량하게 지나갔던가! 수년 동안 싯다르타는 높은 목표도 없이, 갈망도 없이, 비약도 없이 사소한 쾌락에 안주했지만 결코 한번도 만족한 적이 없었다! 이 몇 해 동안 그는 스스로 깨닫지 못하면서 많은 사람들, 어린아이 같은 인간들, 소인배와 같은 사람이 되고자 애쓰고 그들을 동경했다. 그러면서 싯다르타의 삶은 그들의 삶보다도 더 비참하고 더 가난했다. 왜냐하면 그들의 목표는 그의 목표가 아니었고, 그들의 걱정은 그의 걱정이 아니었기 때문이다. 카마스바미 같은 사람들의 세계는 그에게는 사실 유희일 뿐이었고, 구경하는 춤, 희극에 불과했다. 유일하게 카말라만이 그에게 사랑스럽고 가치 있는 존재였다. 하지만 그녀가 지금도 여전히 그런가?

그가 아직도 그녀를, 그녀가 그를 필요로 하는가? 그들은 끝없는 유희만을 즐기고 있는 것이 아닌가? 그것 때문에 사는 것인가? 아니다, 그것은 필요하지 않다! 이 유희는 윤회라는 것이다. 어린아이들을 위한 놀이처럼 아마 한 번, 두 번, 열 번 정도는 그런 유희를 즐길 수 있을 것이다. 하지만 끊임없이 되풀이한다면 어떨까?

그때 싯다르타는 유희가 끝났음을, 이런 유희를 더 이상 계속할 수는 없다는 것을 알았다. 그의 온몸에 전율이 일었다. 그는 내면의 무엇인가가 죽었음을 느꼈다.

싯다르타는 그날 하루 종일 망고 나무 아래에서 아버지를, 고빈다를, 고타마를 생각하며 앉아 있었다. 고작 카마스바미 같은 사람이 되려고 그들을 떠났단 말인가? 날이 저물 때까지 싯다르타는 그대로 앉아 있었다. 고개를 들어 별을 바라보면서 그는 생각했다.

'내가 여기 내 망고 나무 아래, 내 유원에 앉아 있구나.'

싯다르타는 희미하게 미소를 지었다.

'망고 나무를 소유하고 유원을 소유하는 것이 필요하고 올바른 것인가? 망고 나무를 소유하고 있는 것, 유원을 소유하고 있는 것은 어리석은 장난이 아닌가?'

싯다르타는 그것과도 결별했다. 그것 또한 그의 내면에서 죽었다. 싯다르타는 일어서서 망고 나무와 작별했고, 유원과 작별했다. 그는

그날 음식을 먹지 않았기 때문에 심하게 허기를 느꼈고, 도성에 있는 자기 집, 자기의 침실과 침대, 음식이 차려진 식탁을 떠올렸다. 그는 피로한 듯 미소 짓고는 몸을 털고 일어나 그 모든 것과 작별했다.

그날 밤 싯다르타는 자신의 정원을 떠났고, 도성을 떠나 다시는 돌아오지 않았다. 싯다르타가 도둑들의 손에 잡혀 갔다고 생각한 카마스바미는 오랫동안 그의 행방을 수소문했다. 그러나 카말라는 그를 찾으려 하지 않았으며, 싯다르타가 사라졌다는 사실을 알게 되었을 때도 놀라지 않았다. 그녀는 언제나 그것을 예상하지 않았던가? 그는 사마나, 무숙자, 순례자가 아닌가? 그를 마지막으로 만났을 때 카말라는 이렇게 되리라는 것을 이미 강렬하게 느꼈다. 그녀는 마지막으로 그를 진심으로 자기 가슴에 끌어안았음을, 다시 한번 완전히 그의 소유가 되어 그와 한 몸이 되었음을 느꼈다는 그 사실을, 싯다르타를 잃은 고통 가운데서도 기뻐했다.

싯다르타가 사라졌다는 소식을 처음 들었을 때, 카말라는 황금 새장에 귀한 새 한 마리를 가둬 놓은 창가로 다가갔다. 그녀는 새장 문을 열고 새를 꺼내 날려 보냈다. 그녀는 날아가는 새를 한참 동안 바라보았다. 그날부터 그녀는 더 이상 손님을 받지 않았고, 집에 빗장을 질러 놓았다. 그로부터 얼마 뒤, 그녀는 싯다르타와의 마지막 만남에서 그의 아이를 임신했다는 사실을 알게 되었다.

강가에서

싯다르타는 이미 도성에서 멀리 떨어진 숲속을 걷고 있었다. 그는 더 이상 돌아갈 수 없다는 것, 여러 해 동안 누렸던 생활은 사라지고 없다는 것, 그것을 구역질 날 때까지 맛보고 다 비워 마셨다는 사실 이외에는 아는 게 없었다. 그가 꿈에서 본 새는 죽어 버렸다. 그 새는 그의 마음속에서도 죽었다. 그는 윤회 속에 깊이 빠져 있었다. 그러는 동안 마치 해면이 물을 빨아들이듯, 사방으로부터 구역질과 죽음을 자기 안으로 빨아들였다. 그는 권태로 가득 차 있었고, 비참함으로 가득 차 있었고, 죽음으로 가득 차 있었다. 이제 더 이상 이 세상에는 그를 유혹할 수 있는 것, 즐겁게 할 수 있는 것, 위안할 수 있는 것은 아무것도 존재하지 않았다.

그는 더 이상 자신에 대해 아무것도 알고 싶지 않았고, 다만 안식을 얻기를, 죽기를 갈망했다. 제발 벼락이 쳐서 죽어 버리면 좋으련만! 제발 호랑이가 나타나서 잡아먹히면 좋으련만! 술이 있으면, 독약이 있으면 망각과 잠에 빠질 텐데, 더 이상 깨어나지 않을 텐데! 나를 더럽히지 못한 것이 아직도 남아 있을까? 내가 아직도 행하지 않은 죄악이나 어리석은 짓, 내가 아직 짊어지지 않은 마음의 황폐함이 남아 있을까? 그런데도 산다는 것이 과연 가능할까? 또 한 번, 그리고 또

한 번 숨을 들이쉬고, 숨을 내쉬면서, 배고픔을 느끼고, 다시 밥을 먹고, 다시 잠을 자고, 또다시 여자와 동침하는 것이 가능할까? 그런 순환은 이제 나에게는 이미 끝나버린 것이 아닐까?

싯다르타는 숲속에 있는 큰 강가에 다다랐다. 예전에, 그가 아직 청년이었을 적에 고타마가 살고 있던 도성에서 빠져 나왔을 때 어느 뱃사공이 그를 건네주었던 바로 그 강가였다. 그는 그곳에서 걸음을 멈추고 머뭇거리며 서 있었다. 피곤과 배고픔이 그를 나약하게 했다. 무엇 때문에 계속 걸어가야 하는가. 도대체 어디로, 어떤 목표로 가야 한단 말인가? 더 이상 목표는 없다. 남은 것이라고는 이 황량한 꿈을 모두 털어 버리고, 이 김빠진 술을 토해 버리고, 이 애처롭고 창피스러운 삶을 마치고 싶다는 깊고 비통한 갈망 외에는 아무것도 없다.

강 언덕에 야자나무 한 그루가 가지를 구부린 채 드리워져 있었다. 싯다르타는 그 나무줄기에 기대어 팔을 두르고는 자기가 있는 곳 아래로 하염없이 흘러가는 푸른 물을 내려다보다가, 손을 풀고 강물에 뛰어들어 죽고 싶은 욕망으로 가득 차 있는 자신을 발견했다. 소름 끼치는 공허함이 강물에서 그를 향해 반사되어 왔고, 그의 영혼 속에 자리 잡고 있는 무시무시한 공허함이 거기에 응답하고 있었다.

'그렇다, 모든 것이 끝났다. 나 자신을 소멸시키는 일, 실패한 삶을 때려 부수고, 냉소하는 신들의 발아래 그것을 던져 버리는 일밖에 아

무 할 일이 없다. 그것이 내가 그토록 갈망하던 위대한 구토다. 죽음, 내가 증오하는 방식을 때려 부수는 일이란 말이다! 나를, 싯다르타라는 이 개를, 이 미친놈을, 이 파멸하고 썩은 육신을, 이 무기력해지고 학대받은 영혼을 물고기들이 뜯어 먹으면 좋으련만! 물고기와 악어들이 나를 뜯어 먹으면 좋으련만! 악마들이 나를 갈기갈기 찢어 버리면 좋으련만!'

그는 얼굴을 일그러뜨린 채 물속을 응시했고, 물에 비친 자기 얼굴을 보다가 거기에 침을 뱉었다. 극도로 피로에 지친 그는 곧바로 물속으로 떨어지기 위해서, 그리고 마침내 물속에서 절멸하기 위해서 나무줄기를 잡고 있던 팔을 풀고는 마침내 자기 몸을 약간 흔들었다. 두 눈을 감은 채 그는 죽음을 향해 빠져들었다.

바로 그때 싯다르타의 영혼 한구석에서, 지친 삶의 과거로부터 어떤 울림이 전해졌다. 그것은 한 음절로 된 말이었다. 그는 그것을 생각 없이 우물거리는 목소리로 혼잣말하듯 내뱉었다. 그것은 모든 브라만들이 기도를 시작하는 말이자 끝맺는 말로서, '완성하는 것' 또는 '완성'을 뜻하는 신성한 '옴'이었다. '옴'이라는 소리가 싯다르타의 귓전을 때리자 순간 잠들어 있던 정신이 갑자기 깨어났고, 자신의 어리석은 행동을 인식했다.

싯다르타는 무척이나 놀랐다.

'그래! 그게 내 주변에 있었구나. 그래서 내가 길을 잃었던 것이구나. 그래서 방황했고, 모든 지식으로부터 떠났고, 죽음을 찾을 수 있었던 것이구나. 내가 육신을 소멸시키면서 안식을 찾으려는 그 소망, 그 어린아이 같은 소망이 내 안에서 크게 자랐던 것이구나!'

지난 세월의 모든 번뇌, 모든 각성, 모든 절망이 성취하지 못한 것을, 그의 의식 속에 '옴'이 파고든 순간 그는 성취해 낸 것이다. 비참함 속에서, 그리고 방황 속에서 자신을 깨달은 것이다.

"옴!"

그는 혼잣말을 했다.

"옴!"

그러자 그는 브라만을 알게 되었고, 삶의 불멸성을 알게 되었고, 그가 잊고 있었던 모든 신성을 다시 알게 되었다. 그렇지만 그것은 단지 한순간, 찰나에 불과했다. 싯다르타는 야자나무 밑동에 주저앉아, 피로에 지쳐 길게 드러누워 '옴'을 중얼거리면서 나무뿌리를 베고 깊은 잠에 빠졌다.

그는 깊이 잠들었다. 꿈도 꾸지 않았다. 오래전부터 그는 그런 잠을 자지 못했다. 시간이 흐르고 싯다르타가 깨어났을 때는 마치 십 년쯤 지난 것 같았다. 그는 강물이 나지막이 흐르는 소리를 들었다. 자신이 어디에 있는지, 누가 자신을 그곳으로 데리고 왔는지 알지 못했다. 그

는 눈을 뜨고 경이로운 마음으로 나무와 하늘을 올려다보았다. 그리고 자신이 어디에 있는지, 어떻게 그곳으로 오게 되었는지 기억을 더듬어 보았다. 떠올리는 데 한참의 시간이 필요했다. 과거의 일이 마치 베일을 두른 것처럼 끝없이 멀게, 끝없이 아득하게, 끝없이 무관하게 생각되었다. 그가 알 수 있는 것은 단지 자신이 예전의 삶을(제정신으로 돌아온 처음 순간에 그에게 그 예전의 삶은 아득히 지나가 버린 과거의 구현처럼, 마치 현재 자아의 전생처럼 생각되었다.) 버렸다는 사실, 자신이 혐오감과 비참함에 가득 차 자신의 삶마저 던져 버리려고 했다는 사실, 하지만 자신은 강가에 있는 야자나무 아래에서 제정신이 들었으며, 성스러운 말인 '옴'을 입에 올리자 잠이 들었고, 이제 새로운 인간으로 깨어나 세상을 바라보고 있다는 사실뿐이었다. 그는 조금 전 자신이 잠들 때까지 읊조렸던 '옴'이라는 말을 나지막이 혼잣말처럼 해 보았다. 그러자 자신의 긴 잠 전체가 전적으로 오랫동안 몰두한 '옴'의 발화로 여겨졌고, 그 잠이 '옴'의 사유로 여겨졌고, 그 잠이 '옴' 속으로의 몰입, 형용하기 어렵고 완성된 것 속으로의 몰입, 완전한 돌입으로 여겨졌다.

이 얼마나 놀라운 일인가! 잠이 그를 이토록 상쾌하게 해 주고, 그토록 새롭게, 그토록 다시 젊어지게 해 준 적은 없었다! 어쩌면 실제로 죽고, 소멸되었다가 새로운 모습으로 다시 태어난 것은 아닐까? 하

지만 그게 아니었다. 그는 잘 알고 있었다. 그는 자신의 손과 발을 알고 있었고, 자신이 누워 있는 장소를 알고 있었고, 가슴속 자아, 이 싯다르타, 이 제멋대로인 자, 이 독특한 인간을 알고 있었다. 그럼에도 불구하고 이 싯다르타는 변했으며, 새로워졌고, 신기하게도 잠을 푹 잤고, 신기하게도 깨어났으며, 기쁨과 호기심에 차 있었다.

싯다르타는 벌떡 일어났다. 그때 그의 맞은편에 어떤 사람이, 낯선 남자가, 머리를 깎고, 누런 가사를 입은 채 참선하는 자세로 앉아 있는 것을 보았다. 싯다르타는 머리카락도 없고 수염도 없는 그 남자를 유심히 바라보았다. 오래 바라보지 않았는데도 그는 그 승려의 모습 속에서 젊은 시절의 친구 고빈다를, 세존 붓다에게 귀의한 고빈다를 알아보았다. 고빈다 역시 그와 마찬가지로 늙었으나 그의 얼굴은 예전의 특성들을 여전히 간직하고 있었다. 그 얼굴은 열성, 충실, 구도, 고지식함을 풍겼다. 고빈다는 그제야 시선을 느꼈는지 눈을 뜨고서 싯다르타를 응시했지만, 그가 싯다르타임을 모르는 듯했다. 고빈다는 그가 잠에서 깨어난 것을 기뻐했다. 아마 고빈다는 그곳에서 오랫동안 그곳에 앉아서, 그가 싯다르타인지도 모르고 잠에서 깨어나기를 기다린 모양이었다.

"내가 자고 있었군요."

싯다르타가 말했다.

"어떻게 여기에 오신 겁니까?"

"당신은 주무시고 계셨습니다."

고빈다가 대답했다.

"뱀이 자주 나오고 짐승들이 자주 지나다니는 이런 곳에서 잠을 자는 것은 좋지 않습니다. 나는 세존 고타마, 붓다 사키야무니의 제자로, 일행과 함께 이 길을 순례하다가 잠을 자기에는 위험한 곳에 당신이 누워 있는 것을 보게 되었습니다. 그래서 나는 당신을 깨우려고 했는데, 깊이 잠드신 것을 보고 일행을 보낸 후에 홀로 남아서 당신 곁에 앉아 있었습니다. 그런데 당신의 잠을 지키려던 나 역시도 잠이 들었던 것 같습니다. 피로에 못 이긴 나머지 내가 맡은 일을 제대로 하지 못한 것입니다. 하지만 이제 당신께서 깨어나셨으니 내 형제들을 따라잡기 위해 가야겠습니다."

"사마나시여, 내가 잠자는 것을 보호해 주셔서 감사합니다."

싯다르타가 이어서 말했다.

"당신들 세존의 제자들은 친절하십니다. 이제 가 보십시오."

"그럼 가보겠습니다. 언제나 건강하시기를 바랍니다."

"감사합니다. 사마나시여."

고빈다는 인사를 하고서 말했다.

"안녕히 계십시오."

"안녕히 가십시오, 고빈다."

싯다르타가 말했다.

그 승려는 멈춰 섰다.

"실례지만 어떻게 내 이름을 아십니까?"

그러자 싯다르타가 미소 지었다.

"오, 고빈다! 나는 자네를 알고 있지. 자네 아버지의 초막에서부터, 브라만 학교에 다닐 때부터, 제사를 지낼 때부터, 사마나가 되기 위해 걸어갔던 때부터, 그리고 자네가 기원정사에서 세존께 귀의한 그 시간부터 알고 있지."

"자네, 싯다르타였군."

고빈다가 큰 소리로 외쳤다.

"이제야 자네를 알아보겠어. 어째서 내가 자네를 즉시 알아볼 수 없었는지 납득이 안 되는군. 반갑네, 싯다르타. 자네를 다시 보게 되어서 내 기쁨이 얼마나 큰지 모르겠네."

"나도 자네를 다시 보게 되어 기쁘네. 자네는 내가 잠들어 있을 때 나를 지켜 주는 파수꾼이었네. 다시 한번 감사하네. 비록 지켜 주는 사람이 필요했던 것은 아니지만. 친구! 자네는 어디로 가는가?"

"정처 없이 떠돌고 있네. 우리 승려들은 우기가 아닌 이상 늘 떠돌아다닌다네. 우리는 늘 이곳에서 저곳으로 옮겨 다니고, 규율에 따라

생활하고, 가르침을 포고하고, 시주를 받으며 계속 옮겨 다닌다네. 항상 그렇다네. 그런데 싯다르타, 자네는 어디로 가는 길인가?"

싯다르타는 이렇게 말했다.

"친구여, 자네가 그렇듯이 나도 그렇다네. 나도 정처 없이 가고 있다네. 다만 떠돌아다닐 뿐이네. 나는 순례 중일세."

고빈다가 말했다.

"자네가 순례를 하고 있다니까 그 말을 믿도록 하지. 하지만 싯다르타, 용서해 주게. 자네는 순례자처럼 보이지 않는군. 자네는 부자의 옷을 입고, 귀족의 신을 신고, 머리에서는 향기로운 냄새가 나네. 그건 사마나의 머리가 아닐세."

"그래, 경애하는 친구여! 자네가 잘 관찰했네. 자네의 날카로운 눈은 모든 것을 보고 있네. 하지만 나는 자네에게 내가 사마나라고 말하지는 않았네. 순례하고 있다고 말했을 뿐. 그리고 그것은 사실이라네. 나는 순례 중일세."

"자네가 순례를 하고 있다고?"

고빈다가 되물으며 말했다.

"하지만 그런 옷차림으로 순례하는 사람은 없네. 그런 신을 신고 순례하는 사람도 없고, 그런 머리로 순례하는 사람도 없다네. 나는 벌써 여러 해 동안 순례를 했지만 그런 모습을 한 순례자를 만나 본 적이

없다네."

"자네가 옳다고 생각하네, 고빈다. 하지만 오늘 자네는 그런 신을 신고, 그런 옷차림을 한, 그런 순례자를 본 것일세. 경애하는 친구여, 생각해 보게. 형상의 세상은 무상하다네. 우리의 의복은 무상하고, 극히 무상하다네. 그리고 우리들 머리치장도 무상하고, 우리의 육신 자체도 무상하다네. 나는 부자의 옷을 입고 있네. 자네가 제대로 본 것일세. 나는 부자였기 때문에 그것을 입었네. 그리고 나는 속인이나 탕자처럼 머리치장을 하고 있네. 내가 바로 그런 사람들 중 한 사람이었기 때문이라네."

"그럼 지금은, 싯다르타. 자네는 지금 어떤 인간인가?"

"모르겠네, 자네만큼이나 나도 거의 알지 못하네. 나는 길을 가고 있는 도중이네. 나는 부자였는데, 이제 더 이상은 그렇지 않네. 그리고 내일 내가 어떤 인간이 될지 나는 모른다네."

"자네는 재산을 잃었는가?"

"잃었다네. 아니면 재산이 나를 잃어버렸는지도 모르지. 그것은 내게서 없어졌다네. 형상의 바퀴는 빨리도 도는 것일세, 고빈다. 브라만인 싯다르타는 어디에 있는가? 사마나인 싯다르타는 어디에 있는가? 부자 싯다르타는 어디에 있는가? 무상한 것은 빨리도 변화하는 것일세, 고빈다. 자네도 그것을 알고 있다네."

고빈다는 젊은 시절의 친구를 의아한 눈으로 오랫동안 바라보았다. 그는 마치 고귀한 사람들에게 인사하듯이 그에게 인사하고는 자기의 갈 길을 갔다.

싯다르타는 미소 띤 얼굴로 떠나가는 친구를 바라보았다. 그는 여전히 충실하고 고지식한 그를 사랑하고 있었다. 그리고 그 순간, 신비로운 잠에서 깨어난 그 성스러운 시간에, '옴'으로 가득 채워진 그가 어찌 누구든, 무엇이든 사랑하지 않을 수 있었겠는가! 잠을 자는 중에 '옴'을 통해 그의 안에서 일어난 신비로운 마술은 그가 모든 것을 사랑하게 되었다는, 보이는 모든 것에 대해 그가 즐거운 사랑으로 가득 차 있었다는 것이다. 돌이켜 보건대, 지난날 그는 너무나 심하게 병들어 있었기 때문에, 그 무엇도, 그 누구도 사랑할 수 없었던 것이다. 싯다르타는 미소를 띤 얼굴로 저 멀리 걸어가는 승려를 물끄러미 바라보았다. 잠이 그를 매우 강하게 해 준 것은 사실이지만, 그는 이틀 동안이나 아무것도 먹지 않았기 때문에 배고픔으로 고통스러웠다. 실로 그는 오랫동안 배고픔이라는 것을 느낀 적이 없었다. 마음 아프지만 웃음을 지으면서 그는 그 시절을 생각해 냈다. 그 당시 그는 카말라 앞에서 세 가지 일을 자랑했고, 실제로도 고귀하고 극복하기 어려운 세 가지 기교를 발휘할 수 있었다. 그는 단식할 수 있었고, 기다릴 수 있었고, 사고할 수 있었다. 그것이 그의 소유였고, 그의 능력이자

힘, 그의 튼튼한 지주였다. 부지런하고, 고생스럽던 젊은 시절에 그는 그 세 가지 기교를 습득했을 뿐, 다른 것은 아무것도 배운 게 없었다. 이제는 그런 것들이 그를 떠났고, 그것들 가운데 어느 것도 그의 것이 아니며, 단식도, 인내도, 사고도 남아 있지 않았다. 가장 비참한 것을 얻기 위하여 그는 그런 기교들을 내버렸다. 가장 무상한 것을 얻기 위해, 가장 관능적인 쾌락을 얻기 위해, 사치스러운 생활을 하기 위해, 부를 얻기 위해서 말이다! 그의 삶에 기묘하게도 그런 일이 일어났다. 그는 지금 정말이지 소인배가 되었다.

싯다르타는 자신의 상황을 곰곰이 생각했다. 그는 사고하는 것이 힘들었고, 근본적으로 그렇게 할 기분도 아니었지만, 억지로 시도해 보았다.

'이제 가장 무상한 그것들이 모두 내게서 다시 떨어져 나갔기 때문에, 마치 옛날에 어린아이였을 때처럼 이제 나는 태양 아래 다시 서 있는 것이다. 아무것도 내 것은 없고, 아무것도 나는 할 수 없고, 아무것도 나는 할 힘이 없고, 아무것도 나는 배우지 않았다. 이것은 얼마나 기막힌 일인가! 내가 더 이상 젊지 않은 지금, 머리카락이 이미 절반은 세어 버린 지금, 힘이 쇠락한 지금, 나는 다시 맨 처음부터, 다시 어린아이 상태에서 시작해야 하다니!'

다시금 그는 웃지 않을 수 없었다. 그렇다, 그의 운명은 얼마나 기이

한가!

싯다르타의 운명은 내리막을 걷고 있었다. 그는 이제 다시 빈손으로, 벌거숭이로, 어리석은 채로 이 세상에 서 있었다. 하지만 그는 괴롭지 않았다. 아니, 오히려 그는 자신에 대해, 이 기이하고 어리석은 세상에 대해 웃고 싶은 충동마저 느끼고 있었다.

"너는 내리막을 걷고 있어!"

싯다르타는 혼잣말을 하며 웃기도 했다. 그런 말을 하면서 시선을 강으로 향했다. 그는 강물이 아래로 흘러가는 것을 보았고, 언제나 아래로 이동하는 것을, 그리고 그러면서도 노래 부르고 즐거워하는 것을 보았다. 그는 그것이 마음에 들어 강을 향해 다정하게 미소 지었다. 이곳이 싯다르타가 옛날에, 백 년 전에 빠져 죽으려고 했던 그 강이 아닌가, 아니면 그런 꿈을 꾸었던 것일까?

'내 인생은 실로 기이하군.'

그는 생각을 이어 했다.

'내 인생은 우회로를 택해 왔어. 소년이었을 때 나는 신들에게만 관여했고, 제사 지내는 일에만 관여했다. 청년이었을 때 나는 고행자, 사고, 몰입 수행에만 관여했고, 브라만을 추구했고, 아트만 속에 있는 영원한 것을 숭배했다. 하지만 좀 더 나이 든 뒤에 나는 참회자들을 따라가 숲에서 살았고, 더위와 추위에 시달렸고, 굶주리는 법을 배웠고,

육신을 죽이는 법을 배웠다. 그러고 나서 놀랍게도 나는 위대한 붓다의 가르침 가운데 깨달음을 얻었고, 세상의 단일성에 대한 지식이 마치 피처럼 내 안에서 순환하고 있음을 느꼈다. 하지만 붓다로부터도, 그리고 위대한 지식으로부터도 나는 다시 떠나야만 했다. 나는 떠돌다가 카말라에게 사랑의 쾌락을 배웠고, 카마스바미에게 장사를 배웠고, 돈을 모았고, 돈을 탕진했고, 위장을 사랑하는 법을 배웠고, 내 관능을 즐겁게 해 주는 법을 배웠다. 그렇게 나는 정신을 잃어버리고, 사고하는 법을 다시 잊어버리고, 단일성을 잊어버리면서 여러 해를 보내야만 했다. 마치 내가 천천히, 그리고 멀리 우회로를 돌아, 어른이 아이가 된 것처럼, 사상가가 소인배가 된 것처럼 그렇게 된 것이 아닐까? 그래, 그 길은 대단히 좋았고, 내 가슴속의 그 새는 죽지 않았다. 하지만 그 길은 대체 어떤 길이란 말인가! 나는 다시 어린아이가 되어 새롭게 시작할 수 있도록 그리도 많은 어리석은 짓, 아주 많은 악덕, 아주 많은 오류, 아주 많은 혐오와 환멸과 비참을 통과해 지나가지 않으면 안 되었던 것인가. 하지만 그것은 올바른 일이었다. 내 마음은 그것에 대해 긍정의 말을 하고 있고, 내 두 눈은 그것에 대해 웃음을 짓고 있다. 나는 절망을 체험해야만 했다. 나는 자비를 체험하기 위해서, 다시 옴을 듣기 위해서, 다시 제대로 잠을 자기 위해서, 제대로 깨어날 수 있기 위해서 모든 생각 중에서 가장 어리석은 생각을 할 때까지,

자살할 생각을 품을 때까지 처절하게 떨어지지 않으면 안 되었다. 나는 아트만을 다시 내 안에서 발견하기 위해서 바보가 되어야만 했다. 나는 다시 살기 위해서 죄를 짓지 않으면 안 되었다. 나의 길은 또 나를 어디로 이끌어 갈 것인가? 그것은, 그 길은 멍청하다. 그 길은 꾸불꾸불하고 어쩌면 빙빙 순환하는지도 모른다. 그 길이 제멋대로 나 있다고 해도 상관없다. 나는 그 길을 갈 것이다.'

이상하게도 그는 가슴속에서 기쁨이 솟구치고 있는 것을 느꼈다.

'대체 어디에서, 어디에서 이 기쁨을 얻은 것인가?'

싯다르타는 마음에게 물었다.

'나를 아주 즐겁게 해 준 이 길고 기분 좋은 잠에서 온 것일까? 아니면 내가 내뱉은 옴이라는 말에서 온 것일까? 아니면 내가 빠져나왔다는 것, 나의 도주가 완성되었다는 것, 내가 마침내 다시 자유롭고, 아이처럼 하늘 아래 서 있다는 사실에서 온 것일까? 오, 이 도망침, 이 자유로워짐이 얼마나 좋은가! 이곳의 공기는 얼마나 순수하고 아름다운지, 호흡하기에 얼마나 좋은지! 내가 빠져나온 그곳, 그곳에서는 모든 것이 향유, 향료, 술, 과잉과 태만의 냄새가 났다. 그 부자들, 대식가들, 노름꾼의 세계를 내가 얼마나 증오했던가! 내가 그 끔찍한 세계에 그렇게 오래 머물러 있었던 사실로 내 자신을 얼마나 미워했던가! 내가 얼마나 스스로를 증오하고, 스스로를 약탈하고, 해치고, 괴롭히고,

늦게 만들고 악하게 만들었던가! 아니다, 내가 예전에 기꺼이 그렇게 행한 것처럼, 더 이상 싯다르타가 현명하다고 상상하지 않을 것이다. 이제 나 자신에 대한 그 증오, 그 어리석고 황량한 생활을 끝낸 것은 잘한 일이고, 그것이 내 맘에 드니, 나는 칭찬하지 않으면 안 된다. 나는 너를, 싯다르타를 칭찬한다. 그토록 오래도록 어리석게 세월을 보낸 너는 다시 한번 묘안을 떠올렸고, 무언가를 행했고, 가슴속의 그 새가 노래하는 것을 들었고, 그 새를 따라나섰다!'

그렇게 싯다르타는 자신을 칭찬했고, 자신에 대한 기쁨을 느꼈고, 배가 고파서 꼬르륵 소리가 나는 자신의 배가 신기하다는 듯 귀를 기울였다. 그는 최근, 그리고 지난 며칠 동안 한 조각의 고통, 한 조각의 비참을 전적으로 다 맛보았고, 다 뱉어 냈으며, 절망과 죽음에 이르기까지 다 먹어 치웠다고 느꼈다. 그것은 아주 좋은 일이었다. 그렇지 않았다면 아직도 카마스바미 곁에 머물며 돈을 벌어들이고, 돈을 낭비하고, 배를 살찌우고, 자기 영혼을 목마르게 했을 것이다. 아직도 부드럽고 폭신한 그 지옥에 살고 있었을 것이다. 만약에 아무런 위안도 없이 오직 절망만 남았던 그 순간, 싯다르타가 흐르는 강물 아래 자멸해 버릴 각오를 했던 그 극단적인 순간이 없었더라면, 이런 일은 일어나지 않았을 것이다. 그러한 절망, 그러한 깊은 혐오를 느꼈다는 사실, 그리고 그런 혐오를 견디지 못했다는 사실, 그의 안에 그 새가, 즐거운

샘물과 지저귀는 소리가 아직 살아 있다는 사실에 대해 기쁨을 느꼈고, 그런 사실에 싯다르타는 미소 지었으며, 그로 인해 그의 얼굴은 백발이 된 머리카락 아래에서 밝게 빛나고 있었다.

'알아야 할 필요가 있는 것을.'

그는 생각했다.

'모두 스스로 맛보는 것은 좋은 일이야. 속세의 쾌락과 부가 좋은 것이 아니라는 사실을 나는 이미 어렸을 적에 배웠다. 오래전에 알았지만 지금에야 비로소 그것을 제대로 체험했다. 그리고 이제 나는 알고 있다. 그것을 단지 기억으로만 아는 것이 아니라 눈으로, 마음으로, 위로 알고 있다. 내가 그것을 알고 있다는 것은 참 다행이다!'

오랫동안 그는 자신의 변신에 대해 곰곰이 생각했고, 기뻐서 지저귀는 그 새에게 귀를 기울였다. 그 새는 그의 내면에서 죽지 않았던가? 그는 자신의 죽음을 느끼지 못했던가? 아니, 다른 무엇인가가 그의 내면에서 죽은 것이다. 이미 오랫동안 죽음을 동경했던 무엇인가가 죽은 것이다. 그것은 그가 일찍이 뜨겁게 참회에 몰입하던 시절에 억제하려고 했던 것이 아니었나? 그것은 그가 그렇게 여러 해 동안 싸워 온, 여전히 그를 이기고, 모든 억제 이후에도 다시 남아서 기쁨을 느끼지 못하게 금지하고, 두려움을 느끼게 한 그의 자아, 그의 작고, 불안하고 자랑스러운 자아가 아니었던가? 이 사랑스러운 강가의 숲

속에서 오늘 마침내 죽음에 이른 것은 바로 그것이 아닐까? 그가 지금 어린아이처럼 그토록 신뢰에 가득 차고, 그토록 두려움 없이, 그토록 기쁨에 가득한 것은 그 자아의 죽음 때문이 아닐까?

이제 싯다르타는 그가 왜 브라만으로서, 참회자로서 쓸데없이 그 자아와 싸워 왔는지 알게 되었다. 너무 많은 지식, 너무 많은 경구, 너무 많은 제사 규범, 너무 많은 금욕, 너무 많은 실천과 노력이 그를 방해했다! 그는 교만으로 가득했고, 항상 가장 영리한 사람, 항상 가장 열렬한 사람, 항상 누구보다도 한 걸음 앞선 사람, 항상 학식 있는 사람이자 지성적인 사람, 항상 승려이거나 현자였다. 그 승려 계급 안으로, 그 교만 속으로, 그 정신적인 것 안으로 그의 자아가 파고들었고, 그곳에 확고히 자리 잡고 앉아서 자라고 있는 동안 그는 그 자아를 단식과 참회로 죽일 생각이었다. 그러다가 그는 그 사실을 깨달았고, 그 비밀스러운 음성이 옳았다는 사실을, 어떤 스승이라도 어차피 그를 구원할 수 없다는 사실을 알았다. 그렇기 때문에 그는 세상 속으로 갈 수밖에 없었고, 쾌락과 권력에, 여자와 돈에 열중할 수밖에 없었고, 장사꾼, 노름꾼, 술꾼과 탐욕자가 될 수밖에 없었으며, 결국에는 그의 안에서 승려와 사마나가 죽게 되는 지경까지 이르렀다. 그렇기 때문에 그는 종말에 이르기까지, 고통스러운 절망에 이르기까지, 탕자 싯다르타, 탐욕자 싯다르타가 죽을 수도 있는 지경에 이르기까지 그 끔

찍스러운 몇 해를 견딜 수밖에 없었고, 혐오감을 견디지 않을 수 없었고, 공허를, 황폐하고 타락한 생활의 무의미를 견디지 않을 수 없었다. 그는 죽었고 새로운 싯다르타가 잠에서 깨어났다. 그도 늙게 될 것이고, 그도 언젠가 죽어야만 할 것이다. 싯다르타는 무상하고, 모든 형상은 무상하다. 하지만 그는 오늘 젊고, 어린아이이고, 새로운 싯다르타이고, 기쁨으로 가득하다.

 싯다르타는 그런 생각들을 했고, 미소를 지으면서 자기의 배에 귀를 기울였고, 붕붕거리는 벌 소리를 감사한 마음으로 경청했다. 그는 쾌활한 기분으로 흘러가는 강을 바라보았는데, 그처럼 강물이 그의 마음에 끌렸던 적이 없었다. 흘러가는 강물 소리의 이야기를 그렇게 강하고 아름답게 들어 본 적이 없었다. 강은 그에게 말해 주려는 특별한 것, 그가 아직 알지 못하는 것, 그가 아직 기다리고 있는 것을 가지고 있는 것 같았다. 그 강에 싯다르타는 빠져 죽으려고 했고, 그 강에 피곤하고 절망에 빠진 과거의 싯다르타가 오늘 익사했다. 하지만 이제 새로 태어난 싯다르타는 도도히 흐르는 강물에 깊은 사랑을 느꼈고, 그래서 그 강을 쉽사리 다시 떠나지는 않을 것이라고 결심했다.

뱃사공

'이 강가에 머물러야겠다.'

싯다르타는 생각했다.

'이곳은 내가 예전에 소인배들에게 가는 길에 건넜던 바로 그 강이다. 그때 친절한 뱃사공이 나를 건네주었는데, 그에게 가야겠다. 예전에 새로운 삶으로 가는 내 길은 그의 오두막에서부터 시작되었다. 그런데 지금 내 삶은 낡았고 죽었다. 지금의 내 길, 지금의 새로운 내 삶 또한 그곳에서 출발하면 좋겠다!'

그는 애정 어린 눈길로 흐르는 강물을, 물속이 훤히 비치는 푸른 물을, 그 강의 신비로운 파문을 그리는 수정 같은 물결을 들여다보았다. 반짝이는 진주가 밑바닥으로부터 솟아오르는 것을 보았고, 푸른 하늘이 비친 수면 위에서 잔잔한 물거품이 헤엄치고 있는 것을 보았다. 강물은 수천 개의 푸르른 눈, 하얀 눈, 수정 같은 눈, 하늘색 눈으로 싯다르타를 바라보았다. 그는 그 강물을 얼마나 사랑하는가! 그 강물은 그를 어찌나 황홀하게 하는가! 그는 강물에게 얼마나 고마워하고 있는가! 마음속에서 그는 새로 깨어난 음성이 이야기하는 것을 들었다. 그 음성은 말했다. '이 물을 사랑하라! 그 곁에 머물라! 이 강물로부터 배워라!' 오, 그렇다. 그는 이 강물로부터 배우고자 했다. 이 강물에 귀

를 기울이고자 했다. 그 강과 강의 비밀을 이해하는 사람은 다른 많은 것, 많은 비밀들, 모든 비밀들도 이해하게 될 것 같았다.

하지만 강의 비밀들 중에서 오늘 단 한 가지만 보았고, 그것이 그의 영혼을 사로잡았다. 그는 보았다. 강물은 흐르고 흘렀고, 끊임없이 흘러갔지만 언제나 거기 있고, 항상 똑같았지만 매 순간 새로웠다! 아, 누가 그것을 파악하고, 그것을 이해하는가! 싯다르타는 그것을 이해하지 못했고, 파악하지 못했다. 오직 예감이, 아득한 기억이, 신들의 음성이 활동하는 것을 느꼈을 뿐이다.

싯다르타는 몸을 일으켰다. 그의 육신은 배고픔이 생기는 것을 참을 수가 없었다. 간신히 견디면서 그는 계속해서 강기슭에 난 오솔길을 따라 상류로 강물을 거슬러 걸어갔고, 흐르는 물에 귀를 기울였으며, 몸에서 배가 고파 꼬르륵 소리가 나는 것에 귀를 기울였다.

그가 나루터에 다다랐을 때, 마침 떠날 준비가 된 나룻배에는 옛날에 젊은 사마나를 강 저편으로 건네주었던 바로 그 뱃사공이 서 있었다. 싯다르타는 그를 알아보았다. 그 역시 몹시 늙어 있었다.

"나를 건네주시겠습니까?"

싯다르타가 물었다.

뱃사공은 지체 높은 남자가 혼자서 걸어오는 것을 보고는 깜짝 놀라서 그를 나룻배에 태우고 출발했다.

"멋진 인생을 택하셨습니다."

손님이 말했다.

"매일 이 강가에서 살고, 강 위에서 노를 젓는 것은 분명 멋진 일입니다."

사공은 미소를 지으면서 노를 저었다.

"네, 멋진 일입니다. 손님께서 말씀하셨듯이 그렇습니다. 하지만 모든 삶이, 모든 일이 멋지지 않습니까?"

"그럴지도 모르지요. 하지만 나는 당신의 일이 부럽습니다."

"아, 당신은 곧 이 일에 대한 흥미를 잃으실 것입니다. 이 일은 세련된 옷을 입으신 분들에게 어울리는 것이 아닙니다."

싯다르타는 웃었다.

"나는 오늘 이미 이 옷 때문에 한번 주목을 받았고, 의심의 눈초리도 받았습니다. 사공이시여, 내게 성가신 이 옷을 받아 주시겠습니까? 내게는 뱃삯을 지불할 돈이 없습니다."

"손님께서 농담을 하시는군요."

뱃사공이 웃었다.

"친구여, 나는 농담하는 게 아닙니다. 당신은 전에도 나를 나룻배에 태워 돈을 받지 않고 건네주신 적이 있습니다. 오늘도 그렇게 해 주시니, 내 옷을 그 대가로 받으십시오."

"그러면 손님께서는 옷을 입지 않고 여행을 계속하실 겁니까?"

"아, 내가 원하는 것은 여행을 하지 않는 것입니다. 사공이시여, 그랬으면 좋겠습니다. 나에게 낡은 옷 조각 하나를 주시고, 나를 당신의 조수로, 아니, 당신의 제자로 받아 주신다면 좋겠습니다. 나는 먼저 나룻배를 다루는 법을 배워야만 하니까 말입니다."

사공은 탐색하듯이 한참 동안 낯선 사람을 유심히 바라보았다.

"이제야 알아보겠습니다."

마침내 그가 입을 열었다.

"예전에 당신은 내 오두막에서 주무신 적이 있습니다. 벌써 오래전의 일입니다. 어쩌면 이십 년 이상은 지난 일인 것 같습니다. 그때 당신을 배에 태워 강을 건네주었습니다. 그리고 우리는 좋은 친구처럼 서로 헤어졌습니다. 당신은 사마나가 아니었습니까? 나는 당신의 이름을 더 이상 기억할 수 없습니다."

"내 이름은 싯다르타입니다. 그리고 당신이 나를 마지막으로 보았을 때, 나는 사마나였습니다."

"잘 오셨습니다, 싯다르타. 내 이름은 바수데바입니다. 오늘도 나의 손님이 되어 내 오두막에서 주무시고, 당신이 어디서 오는 길이며, 어째서 당신의 좋은 옷들이 그토록 성가시게 되었는지 내게 이야기해 주시기 바랍니다."

그들은 강 한가운데에 다다랐다. 그러자 바수데바는 강물을 거슬러 올라가기 위해서 더 힘차게 전력을 다했다. 그는 뱃머리에 시선을 두고 힘센 팔을 이용해 조용히 노를 저었다. 싯다르타는 앉아서 그를 바라보다가 옛날을 회상해 보았다. 사마나 시절의 그 마지막 날에 그의 마음속에는 이 사람에 대한 사랑이 얼마나 컸던가. 그는 감사하는 마음으로 바수데바의 초대를 받아들였다. 배가 강가에 닿자 그는 바수데바가 나룻배를 말뚝에 묶는 것을 도왔다. 뱃사공이 오두막에 들어오기를 청했고, 그에게 빵과 물을 내놓자, 싯다르타는 즐겁게 먹었고, 바수데바가 권하는 망고 열매들도 즐겁게 먹었다.

그 후 해 질 무렵이 되어서야 그들은 강기슭에 있는 나무 그루터기에 걸터앉았다. 싯다르타는 뱃사공에게 자신의 내력과 삶을, 오늘, 절망의 바로 그 시간에 자신의 삶이 그의 눈앞에 어떻게 나타났는지를 이야기했다. 이야기는 늦은 밤까지 계속되었다.

바수데바는 싯다르타의 이야기에 귀를 기울였다. 그는 모든 것을, 내력과 유년 시절을, 모든 구도, 모든 기쁨, 모든 고난을 놓치지 않고 다 받아들였다. 그것은 뱃사공의 가장 큰 미덕 중 하나였다. 그처럼 남의 이야기에 귀 기울여 주는 사람은 없었다. 이야기하고 있는 싯다르타는 바수데바가 한 마디도 하지 않고서 자기의 말을 조용히 열린 마음으로 기다리면서 깊이 받아들이고 있음을, 초조해하면서 다음 말을

기대하지도 않고, 칭찬과 비난을 곁들이지도 않고, 단지 귀 기울여 한 마디도 놓치지 않고 듣고만 있음을 느낄 수 있었다. 싯다르타는 그렇게 귀 기울여 들어 주는 사람에게 고백하는 것, 그런 사람의 마음속에 자신의 삶, 자신의 구도, 자신의 고뇌를 집중시킨다는 것이 얼마나 행복한 것인지를 느꼈다.

싯다르타의 이야기가 거의 끝나 갈 무렵, 강가에 있는 야자나무에 대해, 자기가 강에 뛰어들려고 했던 일에 대해, 성스러운 '옴'에 대해, 선잠을 자고 난 후에 어떻게 강에 대한 사랑을 느끼게 되었는지에 대해서 이야기할 때, 뱃사공은 더욱 집중해 두 눈을 감고서 귀를 기울였다.

싯다르타가 아무 말도 하지 않고 한동안 침묵을 지키자 바수데바가 말했다.

"내가 생각한 그대로군요. 강이 당신에게 말을 건넸군요. 당신에게도 강은 친구이고, 당신에게도 강은 말을 건네고 있습니다. 잘됐습니다. 아주 잘된 일입니다. 싯다르타, 내 친구여! 내 집에 머물러 주십시오. 내게도 한때 아내가 있었기에, 아내가 쓰던 침상이 아직 저 옆에 있습니다. 내 아내는 오래전에 죽었고 나는 오랫동안 혼자 살았습니다. 이제 나와 함께 삽시다. 두 사람이 지낼 만한 공간과 식량도 있습니다."

"고맙습니다."

싯다르타가 말했다.

"그 제안 고맙게 받아들이겠습니다. 그리고 바수데바, 내 말을 그렇게 잘 경청해 준 것에 대해서도 감사드립니다! 남의 말을 그렇게 귀 기울여 듣는 사람들은 드뭅니다. 나는 당신처럼 남의 말에 귀를 기울이는 사람을 만난 적이 없습니다. 그것 또한 배우고 싶습니다."

"배우게 될 것입니다."

바수데바가 이어 말했다.

"하지만 나에게서 배우는 것은 아닙니다. 강이 나에게 귀 기울여 듣는 법을 가르쳐 주었듯, 당신도 강에게 배우게 될 것입니다. 강은 모든 것을 알고 있어서, 모든 것을 강에게 배울 수 있습니다. 보십시오, 아래로 향해 전진하고, 가라앉고, 깊이를 추구하는 것이 좋은 것이라는 사실을 당신도 이미 강에게서 배웠습니다. 부자이자 높은 신분의 싯다르타가 노를 젓는 천한 사람이 되고, 학식 있는 브라만인 싯다르타가 뱃사공이 될 것이라는 것도 이미 강이 당신에게 들려주었습니다. 당신은 다른 것도 강으로부터 배우게 될 것입니다."

말이 한참 중단되고 난 후에 싯다르타가 다시 말을 꺼냈다.

"어떤 다른 것 말입니까, 바수데바?"

바수데바는 몸을 일으켰다.

"시간이 늦었습니다. 이제 잠자리에 들도록 합시다. 친구여! 나는 당신께 다른 것을 말해 줄 수 없습니다. 당신은 그것을 배우게 될 것입니다. 어쩌면 이미 알고 있는지도 모릅니다. 보십시오. 나는 학자가 아니고, 이야기하는 법을 알지도 못하고, 사고하는 법도 알지 못합니다. 나는 단지 귀 기울여 듣는 법과 경건한 마음을 갖는 법을 알고 있습니다. 그 밖에 나는 아무것도 배우지 못했습니다. 만약 내가 그 밖의 것들을 말할 수 있고, 가르칠 수 있다면 나는 아마 현자일 것입니다. 하지만 현재의 나는 뱃사공일 뿐이고, 내 업무는 사람들을 배에 태워 이 강을 건네주는 것입니다. 나는 많은 사람을, 수천 명을 건네주었습니다. 그들 모두에게 이 강은 여행하는 데 있어 장애물에 지나지 않았습니다. 그들은 돈을 벌기 위해, 사업을 위해 여행을 하거나 혼인식에 가기 위해, 순례를 하기 위해 강을 건넜습니다. 강은 그들에게 방해가 되었고, 뱃사공은 그들을 도와 신속하게 장애물을 제거해 주기 위해 거기 있는 것입니다. 하지만 수천 명 가운데 몇 사람, 아주 몇 안 되는 소수, 네다섯 사람 정도에게는 이 강이 걸림돌이 되지 않았습니다. 그들은 강의 소리를 듣고, 강에게 귀를 기울였습니다. 그래서 강은 나에게 성스러운 것이 되었듯이 그들에게도 성스러운 존재가 되었습니다. 이제 쉬러 갑시다, 싯다르타."

싯다르타는 뱃사공의 집에 머무르며 나룻배 다루는 법을 배웠다.

나루터에서 할 일이 없을 때에는 바수데바와 함께 논에서 일했고, 땔감을 주워 모으거나 바나나를 땄다. 그는 노 만드는 법을 배웠고, 배를 수리하는 법을 배웠고, 바구니 짜는 법을 배웠다. 그는 자신이 배우는 모든 일에 즐거워했다. 그렇게 며칠이, 그리고 몇 달이 쏜살같이 지나갔다. 바수데바가 싯다르타에게 가르칠 수 있는 것 이상으로 강은 그에게 많은 것을 가르쳐 주었다. 싯다르타는 강으로부터 끊임없이 배웠다. 무엇보다도 강으로부터 고요한 마음으로, 영혼을 열고서 기다리는 마음으로, 격정을 일으키거나 욕망을 드러내지 않고서, 판단을 내리지 않고, 의견을 말하지 않고서 경청하는 법과 귀 기울이는 법을 배웠다.

그는 바수데바와 함께 다정하게 살았다. 이따금 그들은 몇 마디 되지 않는, 오랫동안 숙고한 말을 서로 주고받았다. 바수데바는 말을 좋아하는 사람이 아니어서 싯다르타는 그의 말문을 여는 데 거의 성공해 본 적이 없었다.

"당신도."

언젠가 싯다르타가 바수데바에게 물었다.

"당신 역시 강물로부터 시간이 존재하지 않는다는 그 비밀을 배웠습니까?"

바수데바의 얼굴이 환한 미소로 가득 찼다.

"그렇습니다, 싯다르타."

그가 대답했다.

"당신이 말씀하시는 것은 이런 것입니다. 강은 어디서나 동시에 존재한다. 원천에서, 하구에서, 폭포에서, 나루터에서, 여울에서, 바다에서, 산에서, 도처에, 동시에 존재하고 있고, 강에게는 현재만이 존재할 뿐, 과거라는 그림자는 없고, 미래라는 그림자도 없다는 것이지요?"

"바로 그렇습니다."

싯다르타가 말했다.

"내가 그것을 배웠을 때, 나는 내 삶을 주시해 보았습니다. 그랬더니 내 삶 또한 하나의 강이었습니다. 그러자 소년 싯다르타는 장년 싯다르타와, 그리고 노년 싯다르타와 단지 그림자에 의해 구분되었을 뿐, 현실적인 것에 의해 구분되는 것이 아니었습니다. 싯다르타의 전생도 과거가 아니었고, 그의 죽음도, 브라만으로 돌아가는 것도 미래가 아니었습니다. 아무것도 없었고, 아무것도 없을 것입니다. 모든 것이 현재이며, 모든 것이 본질과 현재를 지니고 있습니다."

싯다르타는 황홀해하며 말했다. 깨달음은 그를 몹시 기쁘게 해 주었다.

"오, 일체의 번뇌는 시간이 아닌가, 자신을 괴롭히는 것과 자신을 두렵게 하는 것 모두 시간이 아닌가, 그러면 시간을 극복하는 즉시, 시

간을 없는 것으로 생각할 수 있는 그 즉시, 이 세상의 모든 힘든 일, 모든 적대감은 사라지고 극복되는 것 아닌가?"

황홀한 기분으로 그는 말했다. 바수데바는 환한 미소를 지으며 그저 옳다는 듯 고개를 끄덕일 뿐이었다. 그는 손으로 싯다르타의 어깨를 쓰다듬고는 자기가 하던 일을 하러 되돌아갔다.

때마침 우기에 강물이 불어 세차게 흐르는 어느 날 싯다르타는 말했다.

"오, 친구여! 강은 많은 소리를, 아주 많은 소리를 갖고 있는 게 아닙니까? 강은 왕의 소리, 전사의 소리, 황소의 소리, 쏙독새의 소리, 임신부의 소리, 탄식하는 사람의 소리, 그리고 또 수천 개의 다른 소리도 가지고 있는 게 아닙니까?"

"그렇습니다."

바수데바는 고개를 끄덕였다.

"삼라만상의 모든 소리들이 그 강물 소리에 들어 있지요."

"그렇다면."

싯다르타가 말을 계속했다.

"당신이 그 강의 수천 가지나 되는 소리를 동시에 듣는 데 성공한다면, 당신은 강이 어떤 말을 하는지 아시겠군요?"

바수데바의 얼굴은 행복하게 웃고 있었다. 그는 싯다르타에게 몸을

기울여 그의 귀에다 대고 성스러운 '옴'을 속삭였다. 그것은 싯다르타가 들었던 바로 그 소리였다.

시간이 지날수록 싯다르타의 미소는 뱃사공의 미소를 닮아 갔다. 그의 미소는 뱃사공의 미소와 거의 똑같을 정도로 화사했고, 거의 똑같을 정도로 행복의 빛으로 가득 찼고, 거의 똑같이 수천 개의 잔주름에서 밝게 빛났으며, 똑같이 어린아이 같았고, 똑같이 노인다워졌다. 많은 여행자들이 그들을 형제라고 여겼다. 저녁이면 그들은 강가에 있는 나무 그루터기에 함께 앉아 아무 말도 하지 않고서 강물에 귀를 기울였는데, 강물은 그들에게 물이 아니라, 삶의 소리요, 현존하는 것의 소리이자 영원히 생성되는 것의 소리였다. 때때로 두 사람은 강에 귀를 기울이면서 똑같은 일들을 생각하고, 이틀 전에 나누었던 대화에 대해, 그들의 마음에 남은 여행자의 얼굴과 운명에 대해, 죽음에 대해, 그들의 어린 시절에 대해 생각하곤 했다. 강물이 그들 두 사람에게 어떤 좋은 것을 이야기해 줄 때면, 그들은 같은 순간에 서로를 바라보고, 같은 것을 생각하면서, 같은 질문에 똑같은 대답을 하는 것에 행복해하는 일도 있었다.

그 나루터와 두 뱃사공에게서는 무언가 이상한 분위기가 감돌아, 여행자들 중 몇몇은 그것을 감지하기도 했다. 그래서 이따금 여행자는 뱃사공들 중 한 사람의 얼굴을 바라보다가 자신의 인생에 대해, 괴

로움에 대해 이야기하거나, 악한 짓을 고백하고 위로와 충고를 간청했다. 어떤 이는 그들 집에 하룻밤 머무르며 강물 소리를 듣게 해 달라고 부탁하기도 했다. 호기심 많은 사람들 중에는 나루터에 두 명의 현자나 마법사, 아니면 성자가 살고 있다는 말을 듣고 찾아오는 이도 있었다. 그들은 호기심에 많은 질문을 했지만, 아무런 답도 얻지 못했다. 그들은 마술사도 현자도 발견하지 못했고, 단지 말 없고, 이상하고, 멍청해 보이는 늙고 친절하며 평범한 두 노인만 발견했을 뿐이다. 그래서 호기심 많은 사람들은 웃음을 터뜨렸고, 어수룩한 사람들이 그런 헛소문을 퍼뜨린다고 이야기했다.

세월은 덧없이 흘러갔으나 두 사람은 그것을 헤아리지 않았다. 그러던 어느 날 붓다 고타마의 제자인 승려들이 순례를 하다가 그곳으로 와서 강을 건네줄 것을 부탁했다. 뱃사공들은 승려들로부터 세존께서 위독하여 곧 최후를 맞이하실 것이며, 열반에 들게 될 것이라는 소식을 전해 들었다. 얼마 지나지 않아 또 다른 승려들이 왔으며, 뒤이어 또 한 무리가 왔는데 승려들뿐만 아니라 대부분의 여행자들과 나그네들도 오직 고타마와 그의 임박한 죽음에 대해서만 이야기했다. 마치 전사들이 출정하거나, 사람들이 왕의 대관식에 개미 떼같이 몰려드는 것처럼, 사람들은 마술에 걸린 듯 위대한 붓다가 자신의 입적을 기다리는 곳, 어마어마한 일이 일어나고 한 시대의 위대한 완성자

가 열반으로 입적하게 될 그곳으로 몰려들었다.

싯다르타는 죽어 가는 현사, 위내한 스승을 생각했다. 중생을 훈계하고, 수십만 명의 사람들을 깨우쳐 준 그의 음성, 일찍이 자기가 귀기울여 들었던 그의 음성, 일찍이 자기가 경외하면서 바라보았던 성스러운 얼굴을 생각하고 있었다. 싯다르타는 정다운 마음으로 그분을 생각하고, 그분이 완성할 길을 눈앞에 그려 보고, 그가 일찍이 젊었을 때 그분 세존께 했던 말을 미소 지으면서 생각해 보았다. 그것은 거만하고 건방진 말이었던 것 같다고 회상하고는 미소 지었다. 이미 오래 전에 그는 고타마의 가르침을 그대로 받아들일 수는 없지만, 그와 결별한 게 아니라는 것을 알고 있었다. 아니, 진실로 구하는 자, 진실로 찾고자 하는 자는 아무런 가르침도 받아들일 수 없는 법이다. 하지만 이미 찾은 자, 그런 자는 그 모든 가르침을 받아들일 수 있고, 모든 길, 모든 목표라도 받아들일 수 있는 것이다. 그런 사람은 영원 속에 살면서 신성한 것을 호흡하는 수천의 다른 모든 사람들과 결코 다를 바 없었다.

그토록 많은 사람들이 입적을 앞둔 붓다를 찾아뵈려고 먼 길을 걸어가던 어느 날, 한때 가장 아름다운 매춘부였던 카말라도 붓다에게 순례하러 가고 있었다. 오래전에 그녀는 이전 생활을 청산하고, 고타마의 제자인 승려들에게 유원을 헌납하고, 가르침에 귀의하여 순례자

들의 친구들이자 자선가들의 일원이 되었다. 그녀는 고타마의 입적이 임박했다는 소식을 듣고는 아들인 소년 싯다르타와 함께 간소한 옷차림으로 걸어서 길을 떠났다. 그녀는 어린 아들과 함께 길을 가던 도중에 강가에 당도했다. 소년은 지쳐서 집으로 돌아가자고 애원했고, 쉬자고 애원했고, 먹을 것을 달라고 애원했고, 뻗대고 울먹였다.

카말라는 아들 때문에 발걸음을 멈추고 쉴 수밖에 없었다. 소년은 어머니의 뜻을 거슬러 자기의 욕구를 주장하는 데 습관이 들어서, 그녀는 먹을 것을 주어야만 했고, 달래 주어야만 했고, 그를 꾸짖지 않을 수 없었다. 그 아이는 왜 어머니와 그렇게 힘들고 슬픈 순례 길에 올라야만 하는지 알지 못했다. 왜 성인이라 불리며, 이제 죽음에 임박한 낯선 사람을 찾아 낯선 곳으로 가야 하는지 도무지 납득하지 못했다. 그 사람이 죽든 말든 그것이 자기와 무슨 상관이란 말인가?

그들이 바수데바의 나루터에서 멀지 않은 곳에 이르렀을 때, 어린 싯다르타는 또다시 자신의 어머니에게 쉬자고 억지를 부렸다. 지친 카말라는 아이가 바나나 한 개를 먹는 동안 땅바닥에 웅크리고 앉아 잠시 눈을 감고 쉬었다. 그때 갑자기 그녀가 애처롭게 비명을 질렀다. 소년이 깜짝 놀라 어머니를 쳐다보니, 얼굴이 공포에 질려 창백해져 있었으며 옷자락에서는 검은색 뱀 한 마리가 스르륵 빠져나왔다. 카말라는 뱀에게 물린 것이었다.

두 사람은 도움을 청하기 위해 급히 나루터 근처까지 달려갔다. 카말라는 그곳에서 맥없이 쓰러져 더 이상 갈 수가 없었다. 소년은 비명을 질러 대며 어머니에게 입을 맞추고 목을 껴안았다. 카말라도 아이와 함께 도와 달라고 크게 소리 질렀다. 마침내 그 소리가 나루터 부근에 있던 바수데바의 귀에까지 들리게 되었다. 그는 재빨리 뛰어가 여자를 배에 실었고, 곧 소년도 달려와 그들은 머지않아 오두막에 도착했다. 싯다르타는 아궁이에 불을 지피고 있었다. 그는 먼저 소년의 얼굴을 주시했다. 기이하게도 그 아이의 얼굴은 싯다르타에게 옛 기억을 떠올리게 했고, 잊어버린 것을 생각하게 했다. 그는 카말라를 쳐다보았다. 비록 의식을 잃은 채 사공의 팔에 안겨 있었지만 그는 단번에 그녀를 알아보았다. 그리고 자신에게 잊어버린 것을 떠올리게 한 얼굴의 아이가 자신의 아들이라는 것을 알았다. 그의 가슴속에서 심장이 세차게 고동쳤다.

카말라의 상처를 물로 씻어 냈지만 이미 검게 변해 버렸고 그녀의 몸은 부어올랐다. 입안에 몰약을 넣자 겨우 의식이 돌아온 그녀는 싯다르타의 침상에 눕혀졌다. 그리고 한때 그녀를 그리도 사랑했던 싯다르타가 여인의 위로 몸을 굽힌 채 서 있었다. 그녀는 꿈인 듯 미소를 지으며 옛 애인의 얼굴을 바라보았다. 그리고 한참 만에야 그녀는 자신이 뱀에게 물린 것을 기억하고는 걱정스레 아들을 찾았다.

"그 아이는 당신 곁에 있으니 걱정하지 마시오."

싯다르타가 말했다.

카말라는 싯다르타의 눈을 들여다보았다. 그녀는 독에 마비되어 잘 움직이지 않는 혀로 말했다.

"당신, 늙었군요. 백발이 다 되었어요. 하지만 당신의 모습은 그 옛날 옷도 없이 먼지 낀 맨발로 나를 찾아 유원으로 온 그 젊은 사마나와 똑같아요. 당신이 나와 카마스바미를 떠난 그때보다도 지금이 훨씬 더 그때의 사마나와 닮았어요. 싯다르타, 당신은 그와 눈이 닮았어요. 아, 나도 늙었지요? 이렇게 늙었는데도 나를 알아볼 수 있었나요?"

싯다르타는 웃었다.

"단번에 당신을 알아보았소, 사랑하는 카말라."

카말라는 자신의 아들을 가리키며 말했다.

"이 아이도 알아보았나요? 당신 아들이에요."

그녀의 눈이 초점을 잃고 어찌할 바를 모르더니 이내 감겨 버렸다. 소년이 울부짖자, 싯다르타는 아이를 무릎에 앉히고 머리를 쓰다듬어 주면서 울도록 내버려 두었다. 그리고 그가 아이의 얼굴을 바라보며 옛날 그 자신이 어린 소년이었을 때 배웠던 브라만의 기도를 떠올렸다. 천천히, 그는 노래를 부르듯이 기도를 읊기 시작했다. 그 기도는 과거로부터, 어린 시절로부터 흘러나온 것이었다. 아이는 그의 기도

를 들으면서 차츰 진정이 되었다가 때때로 또 흐느껴 울었다. 그리고 잠에 빠졌다. 싯다르타는 아이를 바수데바의 침상에 눕혔다. 바수데바는 아궁이 앞에서 밥을 하고 있었다. 싯다르타는 그에게 눈길을 보냈다. 그러자 그가 미소 지으며 대답하듯 눈길을 보내왔다.

"이 사람은 곧 죽을 것입니다."

싯다르타가 나지막이 말했다.

바수데바는 고개를 끄덕였다. 그의 다정한 얼굴에 아궁이의 불빛이 아른거렸다.

카말라는 다시 한번 의식을 되찾았다. 그녀의 얼굴은 고통으로 찌푸려졌다. 싯다르타의 눈은 그녀의 입과 창백한 뺨에 드러난 고통을 읽어 냈다. 조용히 침착하게 주의 깊게 기다리면서, 그는 그녀의 고통 속에 잠겨 경청했다. 카말라는 그것을 느꼈고, 그녀의 시선은 그의 눈을 찾았다.

카말라는 싯다르타를 바라보면서 말했다.

"이제야 당신의 눈도 변했다는 것을 알겠어요. 눈이 아주 달라졌어요. 당신이 싯다르타라는 것을 내가 어떻게 알았을까요? 당신은 싯다르타이며, 싯다르타가 아니기도 해요."

싯다르타는 말하지 않고, 잠자코 그녀의 눈을 들여다보았다.

"당신은 그것을 얻으셨나요?"

카말라가 물었다.

"당신은 평화를 얻으셨나요?"

그가 웃었고, 자기의 손을 그녀의 손에 얹었다.

"그게 보이네요."

그녀가 말했다.

"그게 보여요. 나도 평화를 얻을 거예요."

"당신은 그것을 얻었소."

싯다르타가 속삭이며 말했다.

카말라는 꼼짝 않고서 그의 눈을 바라봤다. 그녀는 완성자의 얼굴을 보기 위해, 그의 평화를 호흡하기 위해, 고타마에게 순례를 가고자 했던 것을 떠올렸다. 그리고 자기가 고타마 대신 싯다르타를 만난 것을 생각했고, 그것은 고타마를 만나기라도 한 것만큼 좋고, 잘된 일이라고 생각했다. 그녀는 그 사실을 싯다르타에게 말하려고 했으나 혀가 더 이상 그녀의 의지를 따라 주지 않았다. 아무 말도 못하고, 카말라는 그를 바라보고만 있었다. 싯다르타는 그녀의 눈에서 생명이 꺼져 가는 것을 보았다. 최후의 고통이 그녀의 눈을 가득 채웠다가 부서질 때, 최후의 전율이 그녀의 사지에 퍼질 때, 그의 손가락은 카말라의 두 눈꺼풀을 감겼다.

오랫동안 그는 앉아서 영원히 잠든 그녀의 얼굴을 들여다보았다.

오랫동안 싯다르타는 카말라의 입을, 얄팍해진 입술을 한 그녀의 늙고 피곤에 지친 입을 관찰했다. 그러다가 자기가 옛날 인생의 봄날에 그 입을 신선하게 막 터진 무화과와 비교했던 사실을 회상했다. 그는 오랫동안 앉아서 창백한 얼굴, 피곤에 지친 주름살을 헤아렸고, 바라보는 것에 몰두했으며, 자기 자신의 얼굴도 마찬가지로 누워 있는 것을 보았다. 마찬가지로 창백하고, 마찬가지로 빛이 꺼진 얼굴이었다. 그러다가 동시에 그의 얼굴과 붉은 입술, 열렬한 눈을 지닌 그녀의 젊은 얼굴을 보았다. 그러자 현재와 동시성이라는 감정이 그를 가득 채웠고, 영원성이라는 감정이 그를 완전히 채웠다. 그는 그 순간에 모든 생명의 불멸성, 모든 순간의 영원성을 깊이, 그 어느 때보다도 깊이 느꼈다.

그가 일어서자 바수데바는 그에게 밥을 차려 주었다. 하지만 싯다르타는 먹지 않았다. 두 노인은 염소가 있는 마구간에 볏짚을 깔아 잠자리를 만들었다. 하지만 싯다르타는 밖으로 나가 강물 소리에 귀를 기울이면서, 과거를 씻어 내면서, 동시에 자기 인생의 모든 시간을 접촉하고, 그 시간에 에워싸여 밤새 오두막 앞에 앉아 있었다. 그는 때때로 일어나 오두막 문 앞으로 다가가 소년이 자고 있는지 귀를 기울였다.

다음 날 아침 아직 태양이 모습을 보이기도 전에 바수데바는 마구

간에서 나와 자기의 친구에게 다가갔다.

"한숨도 안 잤군요."

그가 말했다.

"그래요, 바수데바. 나는 여기 앉아 있었어요. 나는 강물 소리를 귀 기울여 들었습니다. 강은 많은 이야기를 해 주었습니다. 강은 치유라는 사상으로, 단일성이라는 사상으로 내 마음을 깊이 채워 주었습니다."

"당신은 고뇌를 체험했군요, 싯다르타. 하지만 나는 당신 마음에 아무런 슬픔이 파고들지 않았다는 것을 압니다."

"그래요, 친애하는 자여! 어째서 내가 슬퍼해야 한단 말입니까? 부유하고 행복했던 나는 지금 더 부유하고 행복해졌습니다. 나는 내 아들을 선물로 받았습니다."

"나 또한 당신의 아들을 환영합니다. 하지만 싯다르타, 이제 우리 일을 시작합시다. 할 일이 많습니다. 옛날 내 아내가 죽었던 바로 그 침상에서 카말라가 죽었습니다. 내가 옛날에 내 아내를 화장할 장작을 쌓아 올렸던 바로 그 언덕에 카말라를 화장할 장작더미를 쌓도록 합시다."

소년이 아직 잠을 자고 있는 동안에 그들은 화장할 장작더미를 쌓았다.

아들

  소년은 겁먹은 듯 울먹이면서 어머니의 장례식에 참석했다. 싯다르타는 소년을 아들로 맞이하고, 바수데바의 오두막집에서 같이 살자고 말했다. 하지만 소년은 그의 말을 침울하고 겁먹은 태도로 듣고만 있었다. 소년은 창백한 얼굴로 종일토록 고인의 무덤 앞에 앉아서 아무것도 먹지 않고, 눈을 감은 채 마음의 문을 닫고는 운명에 저항했다.

  싯다르타는 아이를 보살펴 주었고, 그가 하는 대로 내버려 두었다. 그는 아이의 슬픔을 존중했다. 싯다르타는 아들이 자기를 알지 못한다는 것을, 아들이 자기를 아버지로서 사랑할 수 없다는 것을 이해했다. 그는 이 열한 살짜리 소년이 버릇없고, 부유한 생활에 익숙하며, 값비싼 음식과 푹신한 침대에 길들여져 있고, 하인을 부리며 생활해 왔다는 사실도 서서히 알게 되었고, 이해하게 되었다. 싯다르타는 버릇없는 이 아이가 갑작스레 닥친 어머니의 죽음, 낯선 환경, 가난을 선선히 받아들일 수 없다는 것을 이해했다. 그는 소년에게 강요하지 않았고, 아이를 위해 많은 일을 했고, 아이를 위해서라면 항상 가장 좋은 음식을 마련했다. 그는 다정하게 참고 기다림으로써 천천히 아이의 마음을 얻게 될 것이라고 기대했다.

  소년이 자신에게로 왔을 때 싯다르타는 스스로가 부자이며 행복하

다고 생각했다. 그러나 시간이 흘러도 소년이 여전히 그곳을 낯설어하고, 거만하고 반항적인 모습에, 아무 일도 하려 들지 않고, 어른들에게 존경심을 나타내지 않으며, 바수데바의 과일나무에서 열매를 훔쳐 먹기까지 하자, 싯다르타는 자기 아들로 인해 행복과 평화가 찾아온 것이 아니라 고통과 걱정이 왔다는 것을 이해하기 시작했다. 하지만 그는 소년을 사랑했다. 그래서 그는 소년 없이 행복과 기쁨을 누리기보다 차라리 사랑의 고통을 겪고, 그로 인해 비롯된 근심과 걱정을 하는 편이 더 낫다고 생각했다. 어린 싯다르타가 오두막에 있음으로 해서 노인들은 서로 맡은 일을 분담했다. 바수데바는 뱃사공의 직무를 다시 혼자서 떠맡았고, 싯다르타는 아들 곁에 있으면서 오두막과 밭에서 하는 일을 떠맡았다.

오랜 시간 동안, 여러 달 동안, 싯다르타는 아들이 자신을 이해해 주기를, 아들이 자신의 사랑을 받아들여 주기를, 아들이 그 사랑에 응답해 주기를 기다렸다. 바수데바 역시 여러 달 동안 그저 지켜보며 기다렸다. 어린 싯다르타가 반항스레 변덕을 부리더니 자기 아버지를 괴롭히고, 급기야 밥그릇을 두 개나 깨뜨린 어느 날 저녁, 바수데바는 자신의 친구를 한쪽으로 데리고 가서 이야기를 나누었다.

"용서하십시오."

그가 말했다.

"다정한 마음으로 말씀드립니다. 당신이 괴로워하는 것을 나는 압니다. 당신이 마음 아파하고 있는 것을 압니다. 친애하는 그대여, 당신 아들은 당신에게 걱정을 끼치고 있고, 나에게도 걱정을 끼치고 있습니다. 저 어린 새는 다른 생활에, 다른 둥지에 익숙해져 있습니다. 당신처럼 그 아이는 혐오감과 권태로 인해 부귀와 도성으로부터 벗어난 게 아니라, 마지못해서 그 모든 것을 내버려야만 했던 것입니다. 나는 강에게 물어보았고, 오 친구여! 몇 차례나 강에게 물었습니다. 하지만 강은 웃었습니다. 강은 나를 비웃었습니다. 강은 나와 당신을 비웃고 우리의 어리석음에 대해 고개를 저었습니다. 물은 물로 가려고 하고, 청춘은 청춘에게 가려고 하는 법입니다. 당신 아들은 마음대로 성장할 수 있는 곳에 있지 않습니다. 당신도 강에게 물어보고, 당신도 강의 소리에 귀 기울여 보십시오!"

싯다르타는 걱정 가득한 얼굴로 친구를 바라보았다. 다정한 친구의 얼굴에 잡혀 있는 주름살에는 예의 변함없는 명랑함이 깃들어 있었다.

"내가 그 아이와 헤어질 수 있을까요?"

싯다르타가 낮은 목소리로 겸연쩍어하며 말했다.

"내게 시간을 좀 주십시오. 친애하는 친구여! 보십시오, 나는 그 아이를 위해서 싸우고 있습니다. 나는 그 아이의 마음을 얻으려고 애쓰고 있습니다. 사랑과 다정한 인내심으로 나는 그 아이를 붙잡으려고

합니다. 언젠가 그 아이에게도 강물 소리가 들리게 될 것입니다. 그 아이도 부름을 받고 있습니다."

바수데바는 한층 더 따뜻한 미소를 지었다.

"오, 그렇습니다. 그 아이도 부름을 받았습니다. 그 아이도 영원한 생명으로부터 부름을 받았지요. 하지만 우리, 당신과 내가 그 아이가 무엇을 위해, 어떤 길로, 어떤 행위로, 어떤 고통으로 가도록 부름을 받은 것인지 대체 알기나 하는 걸까요? 그 아이의 번뇌는 적지 않을 것입니다. 정말이지 그 아이의 마음은 거만하고 강퍅합니다. 그런 아이들은 많은 번뇌를 겪고, 많이 방황하고, 부당한 짓을 많이 행하고, 많은 죄업을 짊어질 수밖에 없습니다. 나에게 말해 보십시오, 사랑하는 친구여. 당신은 아들을 가르치고 있지 않습니까? 아들에게 강요하고 있지는 않습니까? 아들을 때리는 것은 아닙니까? 아들을 벌주는 것은 아닙니까?"

"아닙니다, 바수데바. 나는 그 모든 일을 하고 있지 않습니다."

"알고 있었습니다. 당신은 아들에게 강요하지 않고, 때리지 않고, 명령하지도 않습니다. 부드러움이 단단함보다도 더 강하다는 것을, 물이 바위보다 더 강하다는 것을, 사랑이 폭력보다도 더 강하다는 것을 당신은 잘 알고 있기 때문입니다. 아주 잘하셨습니다. 칭찬합니다. 하지만 당신이 아들에게 강요하지 않고, 벌하지 않는다고 생각하는 것

은 당신의 착각 아닐까요? 당신은 그 아이를 사랑의 끈으로 묶어 구속하고 있는 것은 아닐까요? 당신은 날마다 그 아이에게 창피를 주지 않나요? 그리고 당신은 관대함과 인내심으로 그 아이를 더 힘들게 하지 않습니까? 당신은 그 아이를, 교만하고 버릇이 잘못 든 소년에게, 밥은 별미로 생각하고 바나나만 먹고사는 두 노인과 함께 오두막에서 살라고 억지로 강요하는 것은 아닙니까? 그 아이의 생각은 이미 낡고 침체된 두 노인의 마음과 다른 길을 걷고 있는 것은 아닐까요? 그럼에도 그 아이는 강요당하거나 벌을 받고 있는 것이 아닐까요?"

싯다르타는 멍하니 땅만 바라보고 있었다. 그가 낮은 목소리로 물었다.

"그러면 내가 어떻게 해야 한다고 생각하십니까?"

바수데바가 말했다.

"그 아이를 도성으로 보내십시오. 어머니의 집으로 보내십시오. 그곳에는 아직 하인들이 있을 것입니다. 그들에게 아이를 맡기십시오. 만약 그곳에 아무도 없다면 그 아이에게 스승을 구해다 주세요. 가르침 때문이 아니라 다른 소년들, 그리고 다른 소녀들과 어울리게 하기 위해서, 또한 그 아이를 그의 세계로 돌려보내기 위해서입니다. 당신은 그런 것을 전혀 생각해 보지 않으셨습니까?"

"당신은 내 마음속을 들여다보고 계십니다."

싯다르타가 슬프게 말했다.

"나도 이따금 생각해 보았습니다. 하지만 그렇지 않아도 온유한 마음씨를 갖고 있지 않은 저 아이를 내가 어떻게 이 세상에 내놓아야 한단 말입니까? 사치에 빠지지는 않을까요? 그 아이가 쾌락과 권세에 열중하지 않을까요? 자기 아버지가 저질렀던 온갖 과오를 되풀이하지 않을까요? 혹시 윤회의 소용돌이에 빠지게 되지는 않을까요?"

뱃사공의 미소가 밝게 빛났다. 그는 부드럽게 싯다르타의 팔에 손을 대고 말했다.

"친구여, 그런 것이라면 강에게 물어보십시오! 그리고 강이 비웃는 소리를 들어 보십시오! 아들에게 어리석은 짓을 못 하게 하려고 과거의 당신은 어리석은 짓을 저질렀습니까? 당신은 아들을 윤회로부터 보호할 수 있습니까? 도대체 어떻게요? 가르침을 통해서, 기도를 통해서, 훈계를 통해서입니까? 친애하는 친구여, 당신이 옛날에 나에게 여기 이 자리에서 들려준 그 이야기를, 브라만의 아들이 들려준 그 교훈적인 이야기를 완전히 잊었습니까? 누가 사마나 싯다르타를 윤회로부터, 죄업으로부터, 탐욕으로부터, 어리석음으로부터 지켜 주었습니까? 아버지의 경건함, 스승들의 훈계, 그의 지식, 그의 구도가 스스로를 지켜 줄 수 있었습니까? 어느 아버지, 어느 스승이 스스로 삶을 영위하고, 스스로 삶을 더럽히고, 스스로 죄를 짊어지고, 스스로 쓴 술

을 마시고, 스스로 자기 길을 찾아내는 일로부터 그를 보호해 줄 수 있었겠습니까? 친애하는 친구여, 혹시 그 길을 그 누군가는 피할 수 있을 것이라고 생각합니까? 아들을 사랑하고 있기 때문에, 아들만은 번뇌와 고통과 환멸을 겪지 않게 되기를 바라기 때문에, 당신의 아들이 그런 것들을 피할 수 있을 것이라고 생각합니까? 당신이 아들을 위해서 열 번을 죽는다고 해도, 아들의 운명을 조금도 덜어 줄 수는 없을 것입니다."

바수데바가 그렇게 많은 말을 하기는 처음이었다. 싯다르타는 그에게 다정스레 감사의 말을 전하고는 걱정을 안고 오두막으로 들어갔다. 그는 한참 동안 잠을 이루지 못했다. 바수데바가 한 말 중에 그가 이미 생각해 보지 않은 것은 없었다. 다만 그것이 그가 행할 수 없는 지식에 불과했다. 아이에 대한 사랑이, 애착과 두려움이 그 지식보다 강했다. 일찍이 싯다르타가 그 어떤 것에 이토록 마음을 빼앗긴 적이 있었던가? 일찍이 그 누구를 이토록 맹목적으로, 이토록 고통스럽게, 이토록 속절없이, 그런데도 이토록 행복에 젖어 사랑해 본 적이 있었던가?

싯다르타는 친구의 충고를 따를 수 없었다. 그는 아들을 내보낼 수 없었다. 그는 소년이 자신에게 명령을 해도, 자기를 멸시해도 내버려 두었다. 그는 말없이 기다리며, 날마다 친절이라는 무언의 투쟁을 시

작했고, 인내라는 소리 없는 전쟁을 시작했다. 바수데바 역시 침묵했고, 다정하게, 알면서도, 참을성 있게 기다렸다. 인내하는 데에는 두 노인 모두 대가였다.

언젠가 소년의 얼굴이 카말라를 생각나게 한 어느 때, 싯다르타는 젊은 시절의 카말라가 자신에게 해 준 말을 문득 떠올렸다. "당신은 사랑을 할 수 없어요"라고 그녀는 그에게 말했다. 싯다르타는 그녀의 말이 옳다고 인정하며, 자신을 별에, 소인배들을 떨어지는 낙엽에 비유했다. 그는 자신의 말 속에 자기 스스로를 비난하는 감정도 들어 있다는 것을 느꼈다. 실제로 그는 한번도 다른 사람에게 완전히 열중하거나 헌신할 수 없었고, 자신을 망각하고 다른 사람에 대한 사랑 때문에 어리석은 짓을 저지를 수도 없었다. 싯다르타는 결코 그런 일을 할 수 없었다. 그는 그런 점이 자신을 소인배들과 구별하는 가장 큰 차이점이라고 여겼다. 하지만 이제 아들이 나타나고부터, 싯다르타, 그 또한 완전히 소인배가 되어 버렸다. 한 인간 때문에 고통스러워하고, 한 인간을 사랑하면서, 사랑 때문에 바보가 되는 소인배가 되어 버렸다.

그는 늘그막에 이르러서야 그런 강렬하고 특이한 열정을 느끼게 되었고, 그 열정 때문에 고통과 행복을 느꼈고, 예전보다 조금 더 새로워졌고, 조금 더 풍요로워졌다.

그는 이 사랑이, 자기 아들에 대한 이 맹목적인 사랑이 열정이며 너

무나 인간적인 것이자, 그런 사랑이야말로 윤회요, 슬픔의 근원이요, 어두운 강물이라고 분명히 느끼고 있었다. 그런데도 그는 그런 사랑이 무가치한 것이 아니며, 그런 사랑은 필연적이며, 그런 사랑은 그 자신의 본질에서 나온 것임을 알고 있었다. 그래서 그는 그러한 쾌락도 채우고 싶었고, 그러한 고통을 맛보고 싶었고, 그러한 어리석은 짓을 하고 싶었다.

그러는 동안 아들은 아버지가 어리석은 행동을 하도록 시켰고, 아버지가 애쓰도록 했고, 날마다 자기의 변덕에 굴종하게 했다. 아버지는 아들을 매혹시킬 만한 것을 갖고 있지 못했고, 아들에게 두려움을 줄 만한 것도 갖고 있지 못했다. 그는 단지 선한 사람이었다. 아버지는 선하고, 호의적이고, 부드러운 사람이었으며, 어쩌면 대단히 경건한 사람, 성자일지도 몰랐다. 하지만 그 모든 것이 소년의 마음을 사로잡을 수 있는 특성은 아니었다. 아들에게 아버지는 자신을 초라한 오두막에 붙잡아 놓은 귀찮은 존재였다. 소년이 보기에 아버지는 정말 지겨운 사람이었다. 아버지는 아무리 무례하게 행동해도 웃음으로 응답했고, 아무리 욕을 해도 다정하게 대했고, 아무리 악의를 갖고 있어도 호의적으로 나왔다. 바로 그것이 이 늙은 위선자의 가장 혐오스러운 술수였다. 소년은 차라리 아버지에게 위협받고, 아버지에게 학대당하는 편이 훨씬 더 나을 것 같았다.

그러던 중 어린 싯다르타의 감정이 폭발하여 노골적으로 아버지에게 대드는 날이 왔다. 아버지는 아들에게 땔나무를 해 오라고 했다. 하지만 소년은 오두막에서 나가지 않고, 고집을 부리며 바닥에 발을 동동 굴렀고, 주먹을 불끈 쥐고 아버지의 얼굴에 대고 증오와 경멸 섞인 말을 해 댔다.

"땔나무는 당신이 해 오란 말이야!"

소년은 거품을 물고 소리 질렀다.

"나는 당신의 하인이 아니라고. 나는 당신이 나를 때리지 않는다는 것을 잘 알고 있어. 당신은 감히 그러지 못해. 나는 당신이 경건함과 관용으로 지속적으로 나를 벌주고 굴종하게 만들려고 하는 것을 잘 알고 있어. 당신은 내가 당신처럼 되기를, 그렇게 경건하고, 그렇게 부드럽고, 그렇게 현명해지기를 바라고 있어! 하지만 나는, 잘 들어 둬요, 나는 당신에게 괴로움이 될 것이고, 당신처럼 되느니 차라리 노상 강도가 되고 살인자가 되어 지옥으로 갈 거야! 나는 당신을 증오해. 당신은 내 아버지가 아니야. 설령 당신이 열 번이나 내 어머니의 정부였다 하더라도 말이야!"

소년은 분노와 원망이 마음속에 치밀어 수백 가지 상스럽고 나쁜 말들로 아버지에게 대들었다. 그런 다음 소년은 그 자리에서 뛰쳐나갔다가 저녁 늦게야 비로소 돌아왔다.

하지만 다음 날 아침 소년은 사라졌다. 그리고 노인들이 뱃삯으로 받은 동선이나 은화를 보관하던 두 가시 색깔의 나무껍질로 짠 바구니도 사라졌다. 나룻배도 사라졌는데, 싯다르타는 그 배가 건너편 강가에 있는 것을 보았다. 소년이 도망간 것이었다.

"그 아이를 뒤쫓아 가야만 합니다."

싯다르타가 말했다. 그는 어제 소년에게 욕설을 들은 후로 비탄에 잠겨 몸을 떨고 있었다.

"어린아이 혼자서는 숲을 빠져나갈 수 없습니다. 그 아이는 죽고 말 것입니다. 바수데바, 강을 건너기 위해 우리는 뗏목을 만들어야만 합니다."

"우리는 뗏목을 만들 겁니다."

바수데바가 말했다.

"그 아이가 훔쳐 간 우리 나룻배를 다시 가져오기 위해서 말입니다. 하지만 당신은 그 아이를 도망가게 내버려 두어야 할 것입니다. 친구여, 그 아이는 더 이상 어린아이가 아닙니다. 그 아이는 자기 힘으로 헤쳐 나갈 줄 압니다. 아이는 도성으로 가는 길을 찾고 있습니다. 그리고 그 아이가 옳습니다. 그것을 잊지 마십시오. 그 아이는 당신이 소홀히 한 일을 스스로 한 것입니다. 그 아이는 자기 스스로를 돌보고 있고, 자기 길을 걸어간 것입니다. 아아, 싯다르타! 나는 당신이 괴로워

하는 것을 보고 있습니다. 사람들이 웃어넘기고 싶어 하고, 당신 스스로 곧 웃어넘기게 될 고통에 시달리고 있습니다."

싯다르타는 대답하지 않았다. 그는 벌써 도끼를 양손에 쥐고, 대나무로 뗏목을 만들기 시작했다. 바수데바는 새끼줄로 대나무 줄기들을 한데 묶는 것을 도와주었다. 그러고 나서 그들은 강을 건넜고, 뗏목을 타고 물결에 멀리 떠밀려 내려가 맞은편 강 언덕에 도착해 뗏목을 끌어올렸다.

"당신은 왜 도끼를 가져왔습니까?"

싯다르타가 물었다.

바수데바가 대답했다.

"우리 나룻배의 노가 없어졌을지도 모르기 때문입니다."

싯다르타는 친구가 무슨 생각을 하고 있는지 알았다. 그는 소년이 복수를 하기 위해서, 그리고 그들이 추격하는 것을 방해하기 위해서 노를 버렸거나 부수었을 것이라고 생각했다. 그리고 실제로 배 안에는 노가 없었다. 바수데바는 나룻배 바닥을 가리켰고, 미소를 지으며 친구를 바라보았다. 그는 마치 '당신 아들이 당신에게 말하려고 하는 것이 무엇인지 모르겠습니까? 그 아이가 추격당하고 싶어 하지 않는다는 것을 모르겠습니까?'라고 말하는 것 같았다. 그렇지만 바수데바는 그것을 말로 표현하지 않았다. 그는 새로이 노를 만들기 시작했다.

하지만 싯다르타는 도망간 아이를 찾기 위해서 그와 작별했다. 바수데바는 그를 말리지 않았다.

싯다르타는 오랫동안 숲속에서 헤매고 다니다가 아이를 찾는 일이 쓸데없는 일이라는 생각이 들었다. 이미 오래전에 도망간 아이는 벌써 도성에 도착했거나, 아직 가는 중이라면 추격자인 자기를 피해서 숨어 있을 것이라고 생각했다. 그는 계속 생각하다가 자기 자신이 아들을 그다지 염려하지 않는다는 사실도 알게 되었고, 아이가 죽지도 않았을뿐더러, 숲에 있는 것이 아이에게 위험이 되지 않는다는 것을 마음속으로 이미 깨닫고 있다는 사실도 알게 되었다. 그럼에도 불구하고 더 이상 아들을 구하기 위해서가 아니라, 어쩌면 그 아이를 다시 한번 보기 위해서 쉬지 않고 달렸다. 그리하여 그는 도성 근교까지 달려갔다.

도성 근교의 큰길에 다다랐을 때, 그는 옛날 카말라의 소유였고, 그녀가 가마를 타고 있는 것을 처음으로 보았던 아름다운 유원의 입구에 멈추어 섰다. 그의 머릿속에 그때의 일이 떠올랐다. 싯다르타는 다시 그곳에 서 있는 젊은 시절의 자기 모습을 보았다. 수염이 덥수룩하고 벌거벗은 한 사마나, 머리카락에 먼지를 잔뜩 뒤집어쓴 모습이었다. 싯다르타는 오랫동안 거기 서 있으며 열린 대문을 통해서 유원 내부를 들여다보았다. 그는 누런 법복을 입을 승려들이 아름다운 나무

아래로 걸어 다니는 것을 보았다.

  오랫동안 그는 곰곰이 생각하면서, 여러 환상을 보면서, 자신이 살아온 이야기에 귀를 기울이면서 서 있었다. 그는 오랫동안 서서 승려들을 바라보았다. 그가 본 것은 승려가 아닌 젊은 싯다르타였다. 젊은 카말라가 높은 나무들 아래에서 걷고 있는 것을 보았다. 그는 자기가 카말라에게 어떻게 대접을 받고, 자기가 그녀의 첫 입맞춤을 어떻게 받아들였으며, 자기가 자신의 브라만 시절을 얼마나 오만하고 경멸적으로 회상하는지, 어떻게 오만하면서도 갈망하는 태도로 세속 생활을 시작하는지를 분명하게 보았다. 그는 카마스바미를 보았고, 하인들, 떠들썩한 술자리, 노름꾼들, 악사들을 보았고, 새장 속에 갇힌 카말라의 새를 보았고, 그 모든 것을 다시 한번 살려 냈고, 윤회를 호흡했고, 다시 한번 늙고 피곤했으며, 다시 한번 혐오감을 느꼈고, 다시 한번 자신을 없애고 싶은 욕망을 느꼈고, 다시 한번 그 성스러운 '옴'의 힘으로 자신을 치유했다.

  싯다르타는 오랫동안 유원의 정문 앞에 서 있다가 자신을 그곳까지 오게 한 스스로의 욕망이 어리석다는 것을 깨달았다. 그는 자신이 아들을 도와줄 수 없다는 것을 깨달았고, 아들에게 집착해서는 안 된다는 것을 깨달았다. 그는 도망친 아들에 대한 사랑을 마치 하나의 상처처럼 가슴속에 깊이 느끼고 있었다. 동시에 그 상처가 결코 아프게 하

기 위해 자신에게 주어진 것이 아니라는 것을 깨달았고, 그 상처가 활짝 꽃을 피우고 분명 빛을 발하게 되리라는 것도 깨달았다.

그 상처가 그 순간까지 꽃피지 않고, 아직 빛을 발하지 않고 있다는 사실이 싯다르타를 슬프게 했다. 도망친 아들을 뒤쫓아 자기를 멀리 여기까지 오게 한 희망의 자리에 이제는 공허함이 가득 차 있었다. 그는 비참하게 주저앉았다. 그리고 마음속에 무엇인가가 죽어 가는 것을 느꼈고, 공허함을 느꼈다. 그에게는 더 이상 아무런 기쁨도, 아무런 목표도 보이지 않았다. 그는 깊이 생각에 잠긴 채 앉아서 기다렸다. 그가 강가에서 배운 것은 기다리는 것, 인내하는 것, 귀 기울이는 것이었다. 거리의 먼지를 뒤집어쓰고 앉아서 귀를 기울였다. 심장이 어떻게 피곤에 지치고 슬프게 뛰는지 알기 위해 자신의 심장에 귀를 기울였고, 하나의 소리를 기다렸다. 그는 오랜 시간 동안 웅크리고 앉아 귀 기울였다. 더 이상 아무런 환상도 보이지 않았고, 공허 속에 잠겨 어떤 길도 보이지 않았다. 싯다르타는 스스로를 가라앉혔다. 그리고 상처가 쑤시는 것을 느낄 때마다 그는 소리 없이 '옴'을 외었고, '옴'으로 자신을 가득 채웠다. 유원에 있던 승려들이 그를 발견했다. 승려 하나가 다가와 오랜 시간 동안 웅크리고 앉아 있어서 회색 머리카락 위에 먼지가 쌓인 그의 앞에 바나나 두 개를 내려놓았다. 그러나 노인은 승려를 거들떠보지도 않았다.

굳어진 상태에서 싯다르타를 깨운 것은 어깨를 건드린 어느 손길이었다. 그는 그 부드럽고 수줍은 손길이 자신의 어깨에 닿은 것을 알아차리고는 제정신으로 돌아왔다. 그는 몸을 일으켜 자신의 뒤를 따라온 바수데바를 맞이했다. 바수데바의 다정한 얼굴, 순수한 미소로 가득한 잔주름들, 맑은 두 눈을 들여다본 싯다르타 역시 미소를 지었다. 그제야 그는 자기 앞에 바나나가 놓여 있는 것을 보고는 그것을 집어 들어 한 개를 뱃사공에게 건네고, 나머지 한 개는 자기가 먹었다. 그러고 나서 그는 아무 말 없이 바수데바와 함께 숲으로 돌아왔고, 나루터로 귀가했다. 아무도 그날 일어났던 일에 대해 이야기하지 않았다. 아무도 그 소년의 이름을 말하지 않았고, 아무도 그 상처에 대해 말하지 않았다. 오두막에 도착한 싯다르타는 자기 자리에 누웠다. 잠시 후, 그에게 야자유 한 사발을 주려고 다가간 바수데바는 싯다르타가 이미 잠들었다는 것을 알았다.

옴

오랫동안 그 상처는 화끈거렸다. 싯다르타는 아들이나 딸을 데리고 여행하는 많은 사람들을 건네주어야 했다. 그리고 그들을 볼 때마다 부러워하며 생각했다.

'이렇게 수많은 사람들이, 이렇게 수천의 사람들이 커다란 행복을 누리고 있는데 나는 왜 그러지 못하는가? 악한 사람들도, 도둑이나 강도들도 자식이 있고, 자식들을 사랑하고, 그들에게 사랑을 받는데 나만 그렇지 못하구나.'

그렇게 단순하게, 그렇게 분별없이 생각했고, 그렇게 그는 소인배들을 닮아 가고 있었다.

싯다르타는 이제 예전과는 다르게 사람들을 바라보았다. 덜 현명하고, 덜 오만한 대신에, 더 따뜻하고, 더 호기심을 가지고, 관심 깊게 바라보았다. 평범한 부류의 나그네들, 소인배들, 장사꾼들, 무사들, 부인네들을 건네줄 때에도 그들이 예전처럼 낯설지 않았다. 그는 그들을 이해했다. 그는 사고와 분별에 의해서가 아니라 오로지 충동과 욕망에 의해 이끌리는 그들의 삶을 이해했고, 그 삶을 함께 나누었다. 자신이 그들과 똑같이 느꼈다. 비록 그가 거의 완성에 다다랐고, 최후의 상처를 지니고 있었지만, 그에게는 그러한 소인배들이 형제처럼 여겨졌

고, 그들의 허영심, 탐욕 그리고 우스꽝스러운 행동이 웃음거리가 아니라 이해할 수 있는 것, 사랑스럽고 심지어 존경할 만한 것으로 여겨졌다. 자식에 대한 어머니의 맹목적인 사랑, 외아들에 대한 아버지의 어리석고 맹목적인 자부심, 보석을 갖고자 남자들의 시선을 끌고 싶어 하는 젊고 허영심 많은 여자의 맹목적이고도 거친 본능, 그 모든 충동, 그 모든 유치한 짓들, 단순하고 어리석지만 무섭도록 강렬하고 강한 생명력을 지닌 욕구와 충동이 싯다르타에게는 이제 더 이상 하찮은 것이 아니었다. 그는 그런 것들 때문에 사람들이 살아가고 있음을 알았고, 그런 것들 때문에 사람들이 무수히 많은 것을 성취하고, 여행을 하고, 전쟁을 일으키고, 무한한 것에 시달리고, 무한한 것을 견뎌낸다는 것을 알았다. 그는 그런 것 때문에 그들을 사랑할 수 있었다. 그리고 그는 그들의 삶 속에서, 행위 속에서 생명을, 생동하는 것을, 불멸하는 것을, 브라만을 보았다. 그런 인간들은 그들의 맹목적인 충실성 속에, 맹목적인 힘과 끈질김 속에 사랑할 만한 가치가 있고 경탄할 만한 가치가 있는 것을 지니고 있었다. 그들에게는 부족한 것이 아무것도 없었고, 지식인이자 사상가라도 그들보다 앞선 것이라고는 사소한 것 한 가지를 제외하고는 아무것도 없었다. 그 사소한 것 한 가지는 의식하고 있다는 것, 모든 생명의 단일성을 의식하여 사유한다는 것이었다. 싯다르타는 심지어 이따금 그러한 지식, 그러한 생각이

그렇게 높이 평가되어야 하는지, 그러한 사상도 혹시 사고하는 인간, 사고하는 소인배의 유치한 짓이 아닐까 하고 의심하기도 했다. 생각한다는 것을 제외한 그 밖의 모든 점에서 세속적인 인간들이 현인과 대등하고, 종종 훨씬 능가할 때도 있었다. 그것은 짐승들도 불가피한 경우에는 끈질기고 단호한 행동을 한다는 점에서 간혹 인간들을 능가하는 것처럼 보일 수 있는 것과 마찬가지였다.

싯다르타의 내면에서는 도대체 지혜란 무엇이며, 그가 오랫동안 추구해 온 목표가 무엇인가에 대한 인식과 깨달음이 서서히 꽃피고, 무르익고 있었다. 그것은 매 순간 삶의 한가운데에서 단일성의 사상을 생각하고, 단일성을 느끼고, 흡입할 수 있는 마음의 준비 상태, 능력, 비밀스러운 기술일 뿐이었다. 서서히 조화, 세상의 영원한 완전성에 대한 지식, 웃음, 단일성이 그의 내면에서 꽃피기 시작했고, 바수데바의 늙은 동안에서 그에게로 반사되었다.

하지만 상처는 아직도 화끈거렸고, 싯다르타는 애타고 간절하게 자기 아들을 생각했고, 가슴속에 사랑과 깊은 정을 키웠고, 고통이 자신을 갉아먹도록 내버려 두었으며, 사랑이라고 하는 온갖 어리석은 짓을 다 저질렀다. 그 불꽃은 저절로 꺼지지 않았다.

그러던 어느 날, 상처가 심하게 화끈거리자 그리움을 못 견딘 싯다르타는 강을 건너갔다. 그는 배에서 내렸다. 도성으로 가서 아들을 찾

고 싶었다. 강은 부드럽고 나지막한 소리로 흘렀다. 때는 건기였다. 하지만 강물 소리는 특이하게 울렸다. 그 소리는 웃고 있었다! 그 소리는 분명 웃고 있었다. 강은 웃었다. 강은 밝고 맑은 소리로 늙은 뱃사공을 비웃었다. 싯다르타는 멈춰 섰다. 그는 더 잘 듣기 위해서 물 위로 몸을 굽혔다. 그리고 조용히 흘러가는 강물 속에 자신의 얼굴이 비치는 것을 보았다. 물에 비친 얼굴에는 자신을 상기시키는 무엇, 잊어버렸던 무엇인가가 있었다. 싯다르타는 곰곰이 생각해서 그것을 알아냈다. 그 얼굴은 그가 예전에 알았고, 사랑했고, 두려워하기도 했던 어떤 사람의 얼굴과 닮아 있었다. 그것은 브라만인 자기 아버지의 얼굴과 닮아 있었다. 그러자 오래전 젊은 시절에 고행자들에게 가려고 허락받기 위해 아버지에게 떼를 쓰던 일, 아버지와 작별했던 일, 길을 떠났다가 다시 되돌아가지 않았던 일이 기억났다. 아버지 또한 자신이 지금 아들 때문에 겪고 있는 것과 똑같은 고통을 겪지는 않았을까? 아버지는 아들을 다시 보지도 못하고 이미 오래전에 홀로 돌아가시지는 않았을까? 이것, 즉 이러한 반복, 숙명적인 윤회 속에서 이렇게 빙빙 도는 것은 하나의 희극, 기이하고 어리석은 일이 아닐까?

강은 웃고 있었다. 그렇다. 그런 것이다. 궁극에 이르기까지 고통을 겪지 않고 해결되지 않은 모든 것은 다시 되돌아오기 마련이다. 싯다르타는 다시 나룻배를 타고 오두막으로 돌아왔다. 아버지를 생각하면

서, 아들을 생각하면서, 강에게 비웃음을 사면서, 자신과 싸우면서 절망한 상태로, 자신과 온 세상에 대해 크게 같이 웃어 주고 싶은 마음으로 말이다.

아, 아직도 그 상처에는 꽃이 피지 않았다. 아직도 싯다르타의 마음은 운명에 거역하고 있었고, 아직도 그의 고통으로부터 유쾌함과 승리가 빛나고 있지 않았다. 그렇지만 그는 희망을 느꼈다. 오두막으로 돌아온 그는 바수데바에게 자신의 속마음을 털어놓고 싶었다. 그에게 모든 것을 보여 주고 싶었다. 남의 이야기를 잘 들어 주는 그에게 모든 것을 말하고 싶은 이겨 내기 힘든 욕망을 느꼈다.

바수데바는 오두막에 앉아 바구니를 짜고 있었다. 그는 더 이상 나룻배로 강을 오가지 않았다. 그의 눈은 멀기 시작했다. 눈만이 아니라, 팔과 손도 말을 듣지 않기 시작했다. 그래도 노인의 얼굴에 피어 있는 기쁜 표정과 밝은 호의만은 변하지 않았다.

싯다르타는 노인의 곁에 앉아 천천히 말했다. 그들이 아직까지 말해 본 적 없는 것들에 대해 이제 그가 이야기했다. 자기가 도성으로 간 것에 대해, 화끈거리는 상처에 대해, 행복한 아버지들을 바라볼 때마다 생겼던 부러움에 대해, 그러한 욕망이 어리석은 일이라는 것을 스스로 알고 있음에 대해, 그런 욕망들에 맞서서 자기가 헛되이 싸웠다는 것에 대해 이야기했다. 모든 것을 고백했다. 모든 것, 가장 고통

스러운 것도 싯다르타는 말할 수 있었다. 모든 것을 말할 수 있었고, 모든 것을 드러낼 수 있었고, 모든 것을 이야기해 줄 수 있었다. 그는 자신의 상처를 드러냈고, 오늘 도망쳤던 일도 이야기했다. 유치한 도망자인 자신이 도성으로 가 볼 생각으로 어떻게 물을 건넜는지, 그리고 강이 어떻게 비웃었는지도 이야기했다.

그가 한참 이야기하고 이야기하는 동안, 그리고 바수데바가 차분한 얼굴로 귀를 기울이고 있는 동안, 싯다르타는 바수데바가 경청하는 모습이 일찍이 느꼈던 것보다 더 강렬하다는 기분이 들었다. 그는 자신의 고통, 자신의 불안이 어떻게 바수데바에게 흘러갔는지, 자신의 비밀스러운 희망이 어떻게 그에게 흘러갔다가 돌아오는지를 느꼈다. 바수데바처럼 귀 기울이는 자에게 자신의 상처를 드러내는 것은 강물에 그 상처를 담그고 강물과 하나가 되는 것과 같은 일이었다. 싯다르타는 이야기를 계속하는 동안 자신에게 귀 기울이는 이 사람이 더 이상 바수데바가 아니고, 더 이상 인간이 아니라는 것을 느꼈다. 꼼짝 않고 귀 기울이는 이 사람은 마치 나무가 빗물을 빨아들이듯 스스로의 내면으로 싯다르타의 참회를 빨아들이고 있다는 것을, 꼼짝 않고 있는 이 사람이 바로 강이라는 것을, 그가 바로 신이라는 것을, 그가 바로 영원 그 자체라는 것을 강렬하게 느꼈다. 싯다르타가 자기 자신에 대해, 그리고 자신의 상처에 대해 생각하는 것을 중단하자, 바수데바

의 본질이 달라졌다는 인식이 그의 머릿속에 꽉 찼다. 그런 생각이 싯다르타의 안으로 파고들수록, 그것은 점점 더 이상하지 않게 되었고, 그럴수록 그는 모든 것이 질서 정연하고 자연스럽다는 것을, 바수데바가 이미 오래전부터 언제나 그런 존재였다는 것을, 그 자신만이 그것을 완전히 인식하지 못했다는 것을, 실제로 자기 자신도 그 사람과 거의 다르지 않다는 것을 차츰 깨닫게 되었다. 싯다르타는 자신이 지금 이 늙은 바수데바를 바라보는 시선이, 마치 백성이 신을 우러러보는 시선과 같다는 것을 느꼈다. 그리고 그런 상태가 끝없이 지속될 수 없다는 것도 느꼈다. 그는 마음속으로 바수데바에게 작별을 고하기 시작했다. 그렇게 싯다르타는 계속해서 이야기를 이어 나갔다.

싯다르타가 말을 마치자 바수데바는 다정하면서도 조금 쇠약해진 시선으로 친구를 바라보았다. 그는 묵묵히 친구에게 사랑과 쾌활함을, 이해하고 알고 있다는 눈빛을 던져 주었다. 그는 싯다르타의 손을 잡았고, 그를 강가에 있는 자리로 데리고 가서 함께 앉고는 강을 향해 미소를 보냈다.

"당신은 강이 웃는 소리를 들었습니다."

그가 말했다.

"하지만 모든 것을 들은 게 아닙니다. 우리 귀를 기울여 봅시다. 당신은 더 많이 들을 것입니다."

그들은 귀를 기울였다. 여러 가지 소리로 이루어진 강의 노래가 부드럽게 울렸다. 싯다르타는 강물 속을 들여다보았다. 흐르는 물속에 여러 모습들이 나타났다. 그의 아버지가 아들 때문에 외롭게 슬퍼하는 모습으로 나타났다. 그 역시 멀리 떨어진 아들에 대한 그리움의 굴레에 묶여 있는 모습으로 나타났다. 아들도 보였다. 젊은 욕망이 불타오르는 길에서 탐욕스럽게 돌진하는 모습으로 나타났다. 각자 자기의 목표를 향하여 나아갔고, 각자 목표에 사로잡혀 있었고, 각자 괴로워하고 있었다. 강은 고통의 소리로 노래 불렀고, 그리움에 사로잡혀 노래 불렀고, 강은 그리움에 사로잡혀 자기의 목표를 향해 흘러가고 있었다. 그 소리는 비탄에 젖어 울려 퍼졌다.

"듣고 있습니까?"

바수데바의 말없는 시선이 그렇게 물었다. 싯다르타는 고개를 끄덕였다.

"더 잘 들어 보십시오!"

바수데바가 속삭였다.

싯다르타는 더 잘 들으려고 애썼다. 아버지의 모습, 자기 자신의 모습, 아들의 모습이 서로 뒤섞여 흘렀고, 카말라의 모습도 나타났다가 물결과 함께 흩어졌다. 고빈다의 모습, 그리고 다른 모습들이 나타났다가 서로 뒤섞여 흘렀고, 모두가 강이 되었다. 모두가 강으로서 목표

를 향해 애타게 열망하면서, 괴로워하면서 나아갔고, 강물 소리는 그리움으로, 따끔따끔한 아픔으로, 흡족해할 줄 모르는 욕망으로 가득 차 울려 퍼졌다. 강은 목표를 향해 나아가고 있었다. 싯다르타는 그 강이, 자신과 자신의 가족들과 그가 지금까지 보았던 모든 사람들로 이루어진 그 강이 서둘러 흘러가는 것을 보았다. 모든 파도와 물결은 고통스러워하면서 목표들을 향해, 여러 목표들을 향해, 폭포, 호수, 여울, 바다를 향해 급히 흘러갔고 모든 목표에 도달했다. 그리고 각각의 목표에 새로운 목표가 뒤따랐고, 강물에서 수증기가 되었고, 하늘로 올라가 비가 되었고, 하늘에서 떨어져 샘물이 되었고, 시내가 되었고, 강이 되었고, 새로운 것을 향해 나아갔고, 새롭게 흘러갔다. 그러나 그리움에 애타는 그 소리는 변했다. 여전히 그 소리는 괴로움으로 가득했고, 무언인가를 찾는 소리를 냈지만, 다른 소리들, 기쁨과 고통의 소리들, 선한 소리와 악한 소리, 웃는 소리와 슬퍼하는 소리, 백 가지 소리, 천 가지 소리들이 그 소리와 하나가 되어 있었다.

   싯다르타는 들었다. 그는 이제 완전히 귀 기울이는 자가 되었고, 완전히 경청하는 데 몰두했고, 마음을 완전히 비우고, 완전히 빨아들였다. 그는 이제 귀 기울여 듣는 일을 끝까지 다 배웠다고 느꼈다. 이미 그는 그 모든 것을, 강물 속에 있는 수많은 소리를 자주 들어 왔으나, 오늘은 다르게 울려 왔다. 어느덧 그는 그 많은 소리를 더 이상 구분

할 수 없게 되었다. 즐거운 소리를 우는 소리와 구별할 수 없었고, 아이들의 소리를 어른들의 소리와 구분할 수 없었다. 그 소리는 모두 한데 모여 있었다. 그리움의 탄식과 깨닫는 자의 웃음소리, 분노의 외침과 죽어 가는 자의 신음 소리, 그 모든 것이 하나가 되어 있었고, 모든 것이 서로 뒤얽혔고, 결합하여 수천 겹으로 엉켜 있었다. 그리고 모든 것이 모여서, 일체의 소리, 일체의 목표, 일체의 그리움, 일체의 고통, 일체의 쾌락, 일체의 선과 악, 그 모든 것이 합쳐진 것이 세상이었다. 그 모든 것이 합쳐져 사건의 강을 이루었고, 삶의 음악을 이루었다. 싯다르타가 주의하여 이 강에, 수천 가지 소리가 어우러진 노래에 귀를 기울일 때면, 만약 그가 고통이나 웃음소리를 듣지 않는다면, 만약 그가 자기 영혼을 그 어떤 소리에 묶어 자아와 더불어 그 소리 안으로 들어가지 않고, 모든 소리를 듣고, 전체적인 것, 단일성에 귀를 기울일 때면, 그 수천의 소리가 어우러진 위대한 노래는 단 한 마디의 말로 이루어졌다. 그것은 바로 '옴', 완성이었다.

"듣고 있습니까?"

바수데바의 시선이 다시 물었다.

바수데바의 미소는 밝게 빛나고 있었다. 강물의 모든 소리들 위에 '옴'이 둥둥 떠다니듯이 그 미소는 노인의 얼굴을 덮고 있는 주름살 위에서 반짝거리면서 떠 있었다. 싯다르타가 친구를 바라보았을 때,

그의 미소는 밝게 빛나고 있었다. 그리고 이제 싯다르타의 얼굴에도 똑같은 미소가 밝게 빛나고 있었다. 그의 상처가 이제 꽃을 피웠으며, 그의 번뇌가 빛을 발하였고, 그의 자아가 단일성 속으로 흘러들고 있었다.

그 순간 싯다르타는 운명과 싸우기를 그만두었고, 고뇌하는 일도 그만두었다. 그의 얼굴에는 어떤 의지도 맞설 수 없는 지혜의 기쁨이 활짝 꽃피어 있었다. 그것은 완성을 알고 있고, 생성의 강, 삶의 큰물과 일치했다는 지혜, 완전히 함께 괴로워하고, 완전히 함께 기뻐하고, 흐름에 몸을 맡기고, 단일성에 속해 있다는 지혜의 즐거움이었다.

바수데바가 강가 자리에서 몸을 일으켰을 때, 그는 싯다르타의 눈을 들여다보고 깨달음의 즐거움이 그 안에서 밝게 빛나고 있는 것을 알아채고는, 신중하고 부드럽게 싯다르타의 어깨를 손으로 가볍게 어루만지며 말했다.

"친애하는 친구여, 나는 이 시간을 기다려 왔습니다. 이제 때가 되었으니, 나를 보내 주십시오. 오랫동안 나는 이 시간을 기다렸습니다. 오랫동안 나는 뱃사공 바수데바 역할을 해 왔습니다. 이제 충분합니다. 잘 있어라, 오두막아! 잘 있어라, 강물아! 잘 있으시오, 싯다르타!"

싯다르타는 작별하는 친구에게 깊이 고개를 숙여 절하였다.

"나는 알고 있었습니다."

그가 나지막이 물었다.

"숲으로 가실 겁니까?"

"나는 숲으로 갑니다. 나는 단일성 속으로 갑니다."

바수데바는 밝은 미소를 지으며 말했다.

밝은 빛을 발하면서 그는 떠나갔다. 싯다르타는 떠나는 뒷모습을 바라보았다. 싯다르타는 마음속 깊이 기뻐하며, 마음속 깊이 엄숙하게 바수데바의 뒷모습을 바라보며, 평화로 가득한 그의 발걸음을 바라보았다. 광채가 가득한 그의 머리를, 빛이 가득한 그의 모습을 응시했다.

고빈다

고빈다는 언젠가 휴식기 동안에 다른 승려들과 함께 카말라가 고타마의 제자에게 시주한 유원에 머무른 적이 있다. 그는 그곳에서 강가에 살면서 많은 사람들에게 현자로 존경받은 어느 늙은 뱃사공에 관한 이야기를 들었다. 휴식을 끝내고 순례를 다시 하게 되자 고빈다는 뱃사공을 만나고 싶은 욕심으로 나루터로 가는 길을 택했다. 고빈다 자신이 평상시에 계율을 지키는 생활을 해 왔고, 연륜과 겸손함 때문에 젊은 승려들로부터 존경을 받았지만, 마음속에는 여전히 불안이 가시지 않았고, 구도의 불길이 꺼지지 않았다.

그는 강가에 이르러 노인에게 강을 건네주기를 부탁했다. 그리고 그들이 건너편에 이르렀을 때 고빈다는 노인에게 말했다.

"당신은 우리 승려들하고 순례자들에게 좋은 일을 많이 베풀고 계십니다. 우리들 중 많은 사람을 건네다 주셨소. 사공이시여, 당신께서도 옳은 길을 찾고 계신 구도자가 아니신지요?"

늙은 두 눈에 웃음을 담은 싯다르타가 말했다.

"오, 존경하는 분이시여! 당신은 아직도 자신을 구도자라고 생각하십니까? 스님께서는 고령에 이르셨고, 고타마의 승복을 입고 계시지 않습니까? 그런데 그런 겸손한 말씀을 하십니까?"

"네, 나는 늙었습니다."

고빈다가 말했다.

"그렇지만 아직도 나는 구도를 중단하지 않았습니다. 앞으로도 멈추지 않을 것입니다. 그것은 내 사명과 같습니다. 그런데 당신 역시 내가 보기에는 구도의 길을 걸어오신 것 같습니다. 존경하는 분이여, 내게 한 말씀해 주시겠습니까?"

싯다르타가 말했다.

"스님, 나 같은 사람이 무슨 할 말이 있겠습니까. 혹시 스님께서 너무 지나친 것을 구하는 것 아닐까요? 구하기에 전념한 나머지 결국 찾지 못하는 것이 아닐까요?"

"어떻게 그런가요?"

고빈다가 물었다.

"누구나 구할 때는,"

싯다르타가 대답했다.

"그 눈이 단지 구하는 것만 찾느라고 아무것도 발견하지 못하고, 아무것도 마음에 받아들이지 못하기 쉽습니다. 항상 구하는 대상만을 생각하고 하나의 목표를 가지고 그 목표에 사로잡혀 있기 때문입니다. 구한다 함은 목표를 가진다는 것입니다. 찾아낸다 함은 자유로운 상태, 열린 상태, 아무런 목표를 갖고 있지 않은 것을 의미합니다. 스

님이시여, 당신은 구도자인 것 같습니다. 목표에 급급한 나머지 바로 당신 눈앞에 있는 많은 것을 보지 못하고 있으니 말입니다."

"아직도 말씀을 다 알아듣지 못했습니다."

고빈다가 간절히 말했다.

"도대체 무슨 말씀인지요?"

싯다르타가 말했다.

"스님이시여, 언젠가 여러 해 전에 스님께서는 이 강가에 온 적이 있습니다. 그리고 강가에 자고 있는 사람을 보고 그의 잠을 지켜 주려고 옆에 자리 잡고 앉아계셨지요. 오, 고빈다! 자네는 잠자고 있는 그 사람을 알아보지 못했네."

승려는 마치 마법에 홀린 듯이 놀라서 사공의 눈을 들여다보았다.

"자네, 싯다르타 아닌가?"

떨리는 음성으로 고빈다가 물었다.

"이번에도 하마터면 알아보지 못할 뻔했군. 싯다르타, 정말 반갑네. 다시 만나게 되어 기쁘기 그지없네. 그동안 많이 달라졌군. 친구, 그러니까 자네는 사공이 되었군."

싯다르타가 다정하게 웃었다.

"그래, 뱃사공이 되었다네, 고빈다. 사람들은 필시 많이 변하는 법이네, 여러 가지 옷을 입을 수밖에 없는 법이라네. 나도 그런 사람들 중

의 하나이지. 친구, 반갑네. 고빈다, 오늘 밤엔 내 오두막에서 묵게나."

고빈다는 그날 밤 오두막에 머물며 바수데바가 전에 쓰던 잠자리에서 잠을 잤다. 그는 젊은 날의 친구에게 많은 질문을 했고, 싯다르타는 그에게 자신이 살아온 인생에 대해 많은 것을 이야기했다.

다음 날 아침 일정에 따라 순례의 길을 오르게 되었을 때, 고빈다는 주저하지 않고 이런 말을 했다.

"내 길을 떠나기 전에 한 가지 물어보도록 허락해 주게. 싯다르타, 자네는 어떤 가르침을 가지고 있는가? 자네가 따르고 있고, 살아가고 올바로 행동하는 데 도움을 주는 어떤 신앙이나 지식을 가지고 있는가?"

싯다르타가 말했다.

"사랑하는 친구, 자네는 내가 젊은이였을 때, 우리가 숲 속의 고행자들과 함께 생활하던 그 당시에 이미 내가 가르침과 스승들을 불신하고 그들에게 등을 돌리게 되었다는 것을 잘 알고 있네. 나는 지금까지 그런 태도를 고수해 왔네. 그럼에도 불구하고 그 후로 나는 많은 스승을 만났네. 아름다운 어느 매춘부가 오랫동안 나의 스승이었고, 부유한 어느 상인이 스승이었고, 몇몇 노름꾼들도 스승이었네. 언젠가는 순례하던 붓다의 제자도 스승이었던 적이 있네. 그는 순례 중에 숲에서 잠든 내 곁에 앉아 있었네. 나는 그에게도 배웠네. 나는 그에게도 고마움을, 대단히 고마움을 느끼고 있네. 하지만 나는 여기 이 강에

게, 그리고 나의 전임자인 바수데바에게서 가장 많이 배웠네. 바수데바는 아주 소박한 사람이었네. 그는 사상가는 아니었지만 고타마 못지않게 필연적인 것을 알고 있었네, 그는 완성자요, 성자였네."

고빈다가 말했다.

"오, 싯다르타! 자네는 내가 생각하듯이 여전히 농담을 즐기는군. 나는 자네의 말을 믿고 있고, 자네가 결코 어떤 스승도 뒤따른 일이 없다는 것을 알고 있네. 하지만 가르침은 아니라 하더라도 자네 스스로 어떤 사상이나 어떤 인식을 발견한 것은 아닌가? 그래서 그것이 자네 자신의 것이고, 자네가 생활하는 데 도움을 주는 것은 아닌가? 만약 그런 것에 관하여 조금이라도 나에게 말해 준다면 내 마음은 대단히 기쁠 것이네."

싯다르타가 말했다.

"그렇다네, 나는 사상을 가져 보았지. 그리고 언제나 인식을 가져 보았네. 나는 가끔 한 시간이나 하루 동안 마치 사람들이 마음속에서 생명을 느끼듯이 내 마음속에서 지식을 느끼곤 했네. 그것은 아주 많은 사상들이었기에 그걸 자네에게 전달하기는 나에게 어려운 일 같네. 보게나, 고빈다. 내가 발견한 사상들 중의 하나는 지혜라는 것은 남에게 전달할 수 없다는 것이네. 아무리 현명한 사람이 전달하려고 애써 봐도 지혜란 언제나 어리석은 생각으로만 들릴 뿐이라네."

"자네 농담하는 건가?"

고빈다가 물었다.

"농담이 아니네. 나는 내가 발견한 것을 말하는 것뿐이네. 지식은 전달할 수 있지만 지혜는 그럴 수가 없네. 지혜를 찾아낼 수 있고, 체험할 수 있고, 지니고 다닐 수 있고, 기적으로 행할 수 있지만, 지혜를 말하고 가르칠 수는 없네. 이것이 바로 내가 이미 청년이었을 때 이따금 예감했던 것이고, 나를 스승들로부터 떠나게 한 것이라네. 나는 한 가지 사상을 발견하였네. 고빈다, 자네는 그 사상을 농담이나 어리석은 생각이라고 여기겠지만, 그것은 내 최고의 사상이라네. 그 사상이란 '모든 진리의 반대도 마찬가지로 진리다'라는 것이네. 말하자면 이렇다네. 진리는 오직 일면적일 때만 거리낌 없이 말할 수 있고, 말로 포장할 수 있다는 것이네. 사상을 가지고 생각할 수 있고, 언어로 말할 수 있는 것은 모두 다 일면적인 것이네. 모든 것은 일면적이고, 모두 다 반쪽일 뿐이며, 모두 다 전체성, 원, 단일성이 결여되어 있네. 그래서 세존 고타마께서 가르치시면서 세상에 대해 말씀하실 때, 세상을 윤회와 열반, 미혹과 진리, 번뇌와 해탈로 나눌 수밖에 없었다네. 달리 어떻게 할 방법이 없네. 가르치고자 하는 사람에게는 다른 길이 없네. 하지만 세계 자체, 우리를 에워싸고 있고, 우리 마음에 내재하고 있는 존재 자체는 결코 일면적이지 않다네. 한 인간이나 한 행위가 완전한

윤회이거나 완전한 열반이 결코 아니며, 한 인간이 완전히 신성하거나 완전히 죄를 짓고 있는 것은 결코 아니네. 우리가 착각에 빠져 있기 때문에, 시간이 실제적인 것처럼 보이는 것이네. 시간은 실제로 존재하지 않네. 고빈다, 나는 그것을 몇 번이나 경험했네. 그리고 시간이 실제로 존재하지 않는 것이라면, 세계와 영원 사이, 번뇌와 행복 사이, 선과 악 사이에 놓인 것처럼 보이는 간격 또한 착각이라네."

"어째서 그런가?"

고빈다가 불안해하며 물었다.

"잘 들어 보게. 친구, 잘 들어 봐! 나라는 사람은 죄인이고 자네라는 사람도 죄인이네. 하지만 그 죄인이 언젠가는 브라마가 될 것이고, 그 죄인이 언젠가는 열반에 도달하게 될 것이고, 붓다가 될 것이네. 그런데 보게, 이 '언젠가'라는 말은 착각이고, 다만 비유일 뿐이네! 죄인은 불성의 경지로 가는 과정에 있지 않네. 죄인은 발전해 가는 도중에 있는 것이 아니라네. 비록 우리의 사고가 만사를 다르게 상상할 줄 모르더라도 말이네. 그래, 그 죄인 속에는 지금, 그리고 오늘, 이미 미래의 붓다가 존재하고 있네. 그의 미래는 모두 거기 있네. 그러니 자네는 죄인 안에서, 자네 안에서, 모든 사람 안에서 생성되고 있는 붓다, 가능성을 지닌 붓다, 숨겨져 있는 붓다를 존경해야만 하네. 친구 고빈다여, 이 세상은 불완전하지 않고, 또는 완전성을 향하여 서서히 나아가

는 도중에 있지도 않다네. 아니, 세계는 매 순간 완전하네. 모든 죄는 이미 그 자체 안에 자비를 품고 있고, 모든 어린아이는 이미 자기 안에 노인을, 모든 젖먹이는 죽음을, 모든 죽어 가는 사람들은 영원한 삶을 지니고 있네. 다른 사람에 대해서 그 사람이 인생행로에서 얼마나 걸어왔는지 알아본다는 것은 어떤 사람에게나 불가능한 일이네. 도둑과 노름꾼 안에도 붓다가 머물러 있고, 브라만 안에도 도둑이 머물러 있는 법이네. 깊은 참선 속에는 시간을 지양할 가능성이 있고, 모든 과거에 존재했던 생, 현존하고 있는 생, 앞으로 존재할 생을 동시에 볼 수 있는 가능성이 있네. 그렇게 되면 모든 것이 선하고, 모든 것이 완전하고, 모든 것이 브라만이라네. 그렇기 때문에 나에게는 존재하는 것이 선하게 보이네, 내게는 죽음이 삶처럼, 죄가 신성함처럼, 지혜는 어리석음처럼 보이네. 모든 것은 그래야만 하며, 모든 것이 오직 나의 동의, 오직 나의 의향만 필요로 하고, 나의 다정한 양해를 필요로 한다네. 그래서 그것은 나에게 좋은 일이라네. 나를 고무시켜 줄 수 있을 뿐 결코 나에게 해를 줄 리가 없다네. 나는 반항을 단념하는 법을 배우기 위해서, 세상을 사랑하는 법을 배우기 위해서, 세상을 더 이상 내가 원하던 그 어떤 것과, 내가 잘못 상상했던 세상과 비교하지 않기 위하여, 내가 고안해 낸 종류의 완전성과 비교하는 게 아니라, 세상을 있는 그대로 인정하고 사랑하기 위해서, 그리고 기꺼이 세상의 일

원이 되기 위해서 내가 죄악을 몹시도 필요로 했다는 것을, 내가 쾌락을 필요로 했고, 재물에 대한 탐욕, 허영심을 필요로 했다는 것을 그리고 가장 굴욕적인 절망을 필요로 했다는 것을 나의 육신으로 체험하게 되었고, 나의 영혼으로 체험하게 되었네. 오, 고빈다! 이것이 내 마음에 떠오른 생각들 중의 몇 가지라네."

싯다르타는 몸을 굽혀 땅에서 돌 한 개를 집어 들고는 그것을 손에 넣고 흔들었다.

"여기 이것은."

그가 돌을 만지작거리면서 말했다.

"돌이네. 그리고 이 돌은 일정한 시간이 지나면 아마 흙이 될 것이고, 그 흙에서 식물, 아니면 짐승이나 사람이 생겨날 것이네. 이전 같으면 나는 이렇게 말했을 것이네. '이 돌은 단지 돌일 뿐이다. 이 돌은 아무런 가치가 없으며 그것은 미망의 세계에 속한다. 하지만 이 돌이 변화의 윤회를 거치는 가운데 인간이 될 수도 있고, 정신이 될 수도 있기 때문에, 바로 그렇기 때문에 나는 돌에게도 가치를 부여한다.' 과거라면 아마도 그렇게 생각했을 것이네. 하지만 오늘 나는 이렇게 생각하네. '이 돌은 돌이다. 짐승이기도 하고, 신이기도 하고, 또한 붓다이기도 하다. 내가 이것을 사랑하고 존중하는 것은 앞으로 언젠가 이런저런 물건이 될 수 있기 때문이 아니라, 이것은 오래전에도 그리고

언제나 그 모든 것이기 때문이다.' 그것이 돌이라는 것, 그것이 지금, 그리고 오늘 나에게 돌로 보인다는 사실, 바로 그 때문에 나는 그것을 사랑하고, 돌에 나 있는 온갖 줄무늬와 움푹하게 파인 구멍들, 노란색 돌이나 회색 돌, 돌의 강도, 돌을 두드리면 나는 울림, 돌 표면의 건조 상태나 습기에서 가치와 의미를 알게 된다네. 기름이나 비누처럼 촉감이 미끄러운 돌도 있고, 나뭇잎 같은 촉감이 도는 돌도 있고, 모래 같은 촉감이 드는 돌도 있다네. 그런데 각각의 돌은 독특하고 각기 나름대로의 방식으로 '옴'을 외고 있네. 그러니 각각의 돌이 브라만이네. 하지만 동시에 그 돌들은 그저 돌이며, 기름 같거나 비누 같은 느낌을 주기도 한다네. 바로 그 점이 내 마음에 들고, 내게는 경이롭고 숭배할 만한 가치가 있는 것으로 보인다네. 하지만 더 이상 그것에 대해 이야기 하지 않으려네. 말이란 신비로운 의미에 도움이 되지 않는 법이라네. 뭔가를 말로 표현하면 모든 것이 언제나 즉시 조금 달라지고, 변조되고, 약간은 어리석게 되기 마련이네. 그렇다네, 이것도 매우 좋은 일이며 내 맘에 쏙 든다네, 어떤 사람에게는 보배이고 지혜인 것이 다른 사람에게는 언제나 어리석은 소리로 들린다는 것에도 나는 동의하고 있네."

묵묵히 고빈다는 귀를 기울였다.

"자네는 왜 나에게 돌에 대해 이야기한 것인가?"

한숨 돌리고 나더니 그가 머뭇거리면서 물었다.

"아무런 의도 없이 그런 것이네. 아니면 아마도 내가 바로 그 돌을, 그 강을 그리고 우리가 관찰하고 배울 수 있는 이 모든 사물을 사랑하고 있다는 의미였는지도 모르네. 하나의 돌을 나는 사랑할 수 있네, 고빈다, 그리고 한 그루의 나무, 또는 하나의 나무껍질도 사랑할 수 있네. 그것들은 사물이지. 그리고 사물들을 사랑할 수가 있네. 하지만 나는 말을 사랑할 수가 없네. 그렇기 때문에 가르침이란 나에게 아무것도 아니네. 그것은 아무런 단단함도 없고, 아무런 부드러움, 아무런 색깔, 아무런 가장자리, 아무런 냄새, 아무런 맛도 지니고 있지 않네. 그것은 말 이외에는 아무것도 가지고 있지 않네. 마음의 평화를 얻지 못하게 그대를 방해하는 것은 어쩌면 그것일지도 모르네, 어쩌면 그것은 수많은 말일지도 모르네. 왜냐하면 해탈과 덕도, 윤회와 열반도 단순한 말에 지나지 않기 때문이네, 고빈다. 열반이라는 것, 그런 것은 존재하지 않네. 단지 열반이라는 낱말만이 있을 뿐이네."

고빈다가 말했다.

"친구여, 열반이 하나의 낱말에 불과한 것은 아니네, 그것은 사상이네."

싯다르타가 이어서 말했다.

"사상이라, 그럴 수도 있네. 사랑하는 친구여, 내가 자네에게 고백하

지 않을 수 없군. 나는 사상과 말을 그다지 구별하지 않네. 솔직히 말해서 나는 사상을 대수롭지 않게 여기네. 나는 사물을 더 중요시하고 있네. 예컨대 여기 이 나룻배에는 한 사람, 나의 전임자이자 스승이던 성스러운 사람이 있었는데, 그는 수년간 그냥 강만 믿었고, 그 외의 아무것도 믿지 않았네. 그는 그 강물의 소리가 자기에게 이야기한다는 것을 알아챘고, 강물 소리로부터 배웠네. 강물 소리가 그를 교육하고, 가르친 것이라네. 강은 그에게 하나의 신처럼 여겨졌네. 그는 수년 동안 모든 바람, 모든 구름, 모든 새, 모든 딱정벌레 역시 그가 숭배하는 강물과 똑같이 신성하고, 똑같이 많이 알고, 많이 가르쳐 줄 수 있다는 사실을 몰랐었네. 하지만 이 성자가 숲속으로 들어갔을 때, 그는 모든 것을 알게 되었네. 스승 없이, 책 없이도 그는 그대나 나보다 더 많이 알게 되었네. 단지 그가 강을 믿었던 까닭으로."

고빈다가 말했다.

"하지만 자네가 '사물'이라고 부르는 것이 과연 실제의 것, 본질적인 것인 것인가? 그것이 단지 미망의 착각, 단지 심상이나 가상에 불과한 것은 아닌가? 자네가 말하는 돌, 자네가 말하는 나무, 자네가 말하는 강 이런 것이 과연 현실인가?"

"그것 역시."

싯다르타가 말했다.

"나에게는 별로 문제가 안 되네. 그 사물들이 가상이든 아니든 그것은 별문제가 아니네. 만약 그 사물이 가상이라면 나 역시 가상적 존재이고, 그 사물들은 항상 나와 같은 것이네. 사물들이 나에게 그도록 사랑스럽고 숭배할 만한 가치가 있게 만드는 것이 바로 그 때문일세. 그 사물들은 나와 동류라네. 그렇기 때문에 나는 그것들을 사랑할 수 있는 것이지. 그리고 그것은 이제 가르침이네. 그것에 대해 그대는 비웃을 것이네. 오, 고빈다! 사랑이야말로 나에게는 무엇보다도 중요한 일로 여겨진다네. 이 세상을 들여다보는 일, 이 세상을 설명하는 일, 이 세상을 경멸하는 일은 위대한 사상가가 할 일일 것이네. 하지만 이 세상을 사랑하는 것, 이 세상을 경멸하지 않는 것, 이 세상과 나를 미워하지 않는 것, 이 세상과 나와 모든 존재를 사랑과 경탄 그리고 외경심을 가지고 관찰할 수 있는 것만이 나에게는 비할 나위 없이 중요한 것이네."

"그 말을 이해하겠네."

고빈다가 말했다.

"하지만 바로 그분, 세존께서는 그것을 미망으로 인식하셨네. 그분께서는 호의, 관용, 연민, 인내를 지니라고 명하셨지. 사랑을 지니라고 명하시지는 않았네. 그분께서는 우리의 마음이 세속적인 것에 대한 사랑에 얽매이는 것을 금하셨네."

"나도 그것을 알고 있네."

싯다르타가 말했다. 그의 미소는 황금빛으로 빛났다.

"나도 알고 있네, 고빈다. 그리고 한번 보게. 우리는 의견의 밀림 한가운데서 말 때문에 싸우고 있네. 사랑에 관한 내 말이 모순된다는 것을, 고타마께서 하신 말씀과 분명 모순된다는 것을 부정할 수 없기 때문이네. 바로 그 때문에 내가 말을 그토록 불신하는 것이라네. 왜냐하면 그런 모순이 착각이라는 것을 내가 알기 때문이네. 내가 고타마와 같은 의견이라는 것을 나는 알고 있네. 그분께서 어떻게 사랑을 모르시겠나? 그분께서는 무릇 인간 존재라는 것이 덧없고 허무하다는 것을 인식하셨네. 그런데 그럼에도 인간을 그토록 사랑하셔서 그분은 길고도 고생으로 가득한 한평생을 오로지 인간 중생을 돕고 가르치는 데 사용하셨네! 그분에 대해서, 자네의 위대한 스승에 대해 생각할 때도 나는 말보다 사물을 더 좋아하네. 그분의 행위와 삶을 그분의 가르침보다도 더 중요하게 여기고, 그분의 손짓 하나하나가 그분의 의견보다도 더 중요하다네. 나는 그분의 설법, 그분의 사상에서 그분의 위대함을 깨닫는 게 아니라, 오직 행위와 삶 속에서 그분의 위대함을 깨닫게 된다네."

오랫동안 두 노인은 아무 말이 없었다. 한참 후, 고빈다가 작별인사를 하면서 이렇게 말했다.

"싯다르타, 나에게 자네 사상의 일부를 말해 주어 고맙네. 기이한 사상이어서 모든 것을 즉시 이해할 수는 없네. 아무튼 간에 그럴 수도 있지. 고맙네. 그리고 자네가 평안한 날들을 보내길 바라네."

하지만 마음속으로 고빈다는 이렇게 생각했다. '이 싯다르타는 기이한 사람이다. 기이한 사상을 말하고 있고, 그의 가르침은 어리석게 들린다. 세존의 순수한 가르침은 이와 다르게 더 명료하고, 더 순순하고, 더 이해하기 쉽게 들린다. 그 가르침에는 기이한 것, 바보스러운 것, 우스꽝스러운 것이 전혀 들어 있지 않다. 싯다르타의 손과 발, 그의 두 눈, 그의 이마, 그의 숨결, 그의 미소, 그의 인사, 그의 걸음걸이는 내게는 그의 사상과 달라 보인다. 우리의 지존한 고타마께서 열반에 드신 이래로 결코 한번도, 나는 결코 한번도 이 사람이 성인이다라고 느낌을 받은 사람을 만나 본 적이 없다. 오직 이 사람, 이 싯다르타만이 그런 느낌을 주었다. 비록 그의 가르침이 기이하고, 비록 그의 말이 어리석게 들리기는 해도 그의 시선 그리고 그의 손, 그의 피부와 그의 머리카락, 그의 몸의 모든 부분이 순수한 빛, 평온한 빛, 명랑한 빛과 온유한 빛 그리고 신성한 빛을 내뿜고 있다. 우리의 지존하신 스승께서 입멸하신 이래로 나는 다른 어떤 사람에게서도 그것을 발견하지 못했다.'

그런 생각 때문에 마음속에 갈등이 일던 고빈다는 사랑의 감정에

이끌려 싯다르타에게 다시 한번 고개를 숙였다. 그는 조용히 앉아 있는 싯다르타 앞에 깊이 허리를 굽혀 절했다.

"싯다르타!"

그가 말했다

"우리는 노인이 되었네. 우리 중 한 사람이 다른 사람을 이런 모습으로 다시 보기는 어려울 것이네. 사랑하는 친구여, 자네가 평화를 얻었다는 것을 알고 있네. 고백하지만 나는 아직 그것을 얻지 못했네. 존경하는 친구여, 나한테 말 한마디만 더 해 주게. 내가 파악할 수 있는 말, 내가 이해할 수 있는 말을 좀 해 주게! 내가 가는 길에 도움이 될 말을 해 주게, 싯다르타. 내 길은 종종 험난하고, 종종 암담하다네."

싯다르타는 아무 말도 하지 않고 여전히 한결같은 잔잔한 미소를 띤 채 그를 바라보았다. 고빈다는 불안한 마음으로, 동경하는 마음으로 싯다르타의 얼굴을 응시했다. 고빈다의 눈초리에는 고뇌와 영원한 구도의 마음, 영원히 찾지 못하는 뭔가가 서려 있었다.

싯다르타는 그것을 보고서 미소 지었다.

"나에게 몸을 구부려 보게."

그는 고빈다의 귀에 대고 나지막이 속삭였다.

"나에게 몸을 구부려 보게! 그래, 더 가까이! 아주 가까이! 내 이마에 입을 맞추게, 고빈다!"

고빈다가 이상하다고 생각하면서도 위대한 사랑과 예감에 이끌려 그에게 순종하여 그의 몸 가까이로 몸을 숙여 싯다르타의 이마에 입술을 대는 사이에 놀라운 일이 일어났다.

고빈다의 생각이 아직 싯다르타의 기이한 말에 머물러 있는 동안에, 그가 시간을 대수롭지 않게 생각하려고, 열반과 윤회를 하나로 생각해 보려고 마지못해 억지로 애쓰는 동안에, 심지어 그의 내면에서 친구의 말에 대한 확실한 경멸감이 커다란 사랑과 경외심과 싸우고 있는 동안에, 그에게 다음과 같은 일이 일어났다.

그는 친구 싯다르타의 얼굴을 더 이상 보지 못했고, 그 대신에 다른 사람들의 얼굴들, 수많은 얼굴들, 일련의 길게 늘어선 얼굴들, 수백, 수천의 얼굴들이 유유히 흘러가는 강물을 보았다. 그 모든 얼굴들은 왔다가 사라졌고, 모든 얼굴이 동시에 현존하는 것 같았다. 모든 얼굴은 끊임없이 변하여 새롭게 되었다. 그렇지만 그 얼굴들은 모두 싯다르타의 얼굴이었다. 그는 물고기의 얼굴, 끝없는 고통에 못 이겨 입을 벌리고 있는 잉어의 얼굴, 흐린 눈빛으로 죽어 가는 물고기의 얼굴을 보았다. 그는 울음을 터뜨리려고 찡그리고 있는, 붉고 포동포동한 주름이 잡힌 갓 태어난 어린아이의 얼굴도 보았다. 그는 어떤 살인자가 누군가의 몸에 칼을 찌르고 있는 것을, 그 얼굴을 보았다. 같은 순간, 그 범죄자가 결박당해 꿇어앉아 사형 집행인의 칼에 머리가 잘려

나가는 것도 보았다. 그는 벌거벗은 채 온갖 체위로 맹렬한 사랑의 싸움을 벌이고 있는 남녀들의 몸을 보았다. 그는 조용히, 차갑게, 공허하게 몸을 쭉 뻗고 있는 시신을 보았다. 그는 짐승의 머리들, 산돼지의 머리, 악어의 머리, 코끼리의 머리, 황소의 머리, 새의 머리도 보았다. 그는 신들의 모습도 보았고, 크리슈나[19]를 보았고, 아그니[20]도 보았다. 그는 그 모든 형상들과 얼굴들이 서로 각각 다른 이들을 도우며, 사랑하며, 미워하며, 파멸시키며, 새로 잉태하며 수천 가지의 관계를 맺고 있는 것을 보았다. 각 형상과 얼굴은 모두 죽음에의 의지였고, 덧없음에 대한 격렬하고 고통스러운 고백이었다. 그렇지만 아무것도 죽지 않았고, 모든 것이 변했을 뿐이며, 끊임없이 새롭게 태어났고, 끊임없이 새로운 얼굴을 하고 있었는데, 하나의 얼굴과 다른 얼굴 사이에는 시간이 놓여 있는 것 같지는 않았다. 그리고 그 모든 형상들과 얼굴들은 잠잠했고, 흘러가기도 했고, 새로이 생성되기도 했고, 떠내려가기도 했고, 서로 뒤섞여 흘러갔다. 그 모든 것 위에는 끊임없이 무엇인가 얇은 것, 실체는 없지만 그래도 존재하는 무엇인가가 마치 한 장의 얇은 유리나 한 장의 살얼음처럼, 마치 투명한 피부처럼, 마치 물로 된 껍질이나, 형태물로 된 가면처럼 덮여 있었다. 그리고 그 가면은 미소 짓고 있었다. 이 가면은 곧 고빈다, 그가 바로 그 순간에 입술을 대고 있는 싯다르타의 미소 짓고 있는 얼굴이었다. 그러자 고빈다는 그 가

면의 미소, 흘러가는 형상들에게 보내는 단일성의 미소, 수천의 탄생과 죽음에 보내는 이 동시성의 미소, 싯다르타의 그 미소는 자기 스스로가 수백 번이나 경외심을 품고 우러러보았던 것과 똑같은 미소라는 것을 알게 되었다. 싯다르타의 미소는 한결같고, 조용하고, 우아하고, 헤아리기 어렵고, 어쩌면 자비롭고, 어쩌면 조소하는 듯한, 현명한, 수천 종이나 되는 붓다 고타마의 미소였다. 고빈다는 완성을 이룬 사람들이 이렇게 미소 짓는다는 것을 깨닫게 되었다.

시간이 존재하는지 더 이상 알지 못한 채, 그러한 직관이 일 초간, 아니면 백 년간 지속되었는지 더 이상 알지 못한 채, 싯다르타가 존재하는지, 고타마가 존재하는지, 나와 네가 존재하는지 더 이상 알지 못한 채, 마음속 가장 깊은 곳이 마치 신성한 화살에 맞아 상처를 입었으되, 그 상처가 달콤한 맛이 나는 것처럼, 마음속 깊이 마법에 걸려 녹아 버리기라도 한 듯이, 고빈다는 자기가 바로 조금 전에 입을 맞추었고, 바로 조금 전에 모든 형상과 생성과 모든 존재의 무대였던 싯다르타의 고요한 얼굴 위로 몸을 굽힌 채 잠시 서 있었다. 그 용모는 그 표면 아래에서 수천 겹의 깊이가 다시 닫히고 난 다음에도 변함이 없었다. 싯다르타는 잔잔히 미소 지었고, 그윽하고 부드럽게 미소 짓고 있었다. 마치 그분, 세존께서 미소 지으셨던 것과 똑같이 어쩌면 자비롭게, 어쩌면 조롱하듯이 웃고 있었다.

고빈다는 깊이 허리를 굽혀 절을 했다, 영문을 알 수 없는 눈물이 그의 늙은 얼굴에 흘러내렸다. 그의 마음속에는 진정한 사랑의 감정, 겸허한 존경의 감정이 마치 불꽃처럼 타올랐다. 그는 꼼짝도 않고 앉아 있는 싯다르타를 향해 머리가 땅에 닿도록 허리를 굽혀 절했다. 싯다르타의 미소는 고빈다로 하여금 이제까지 삶 가운데 그가 사랑했던 모든 것, 이제까지 삶 가운데 그에게 가치 있고 신성했던 모든 것을 상기시켰다.

1. 인도 카스트제도에서 가장 높은 성직자 계급을 일컫는 말.

2. 붓다가 열반에 들 때 그 주위에 있던 나무.

3. 불교에서 관찰과 몰입 삼매라는 선정禪定을 성취하기 위한 수행 방법이다. 선정에 근접해 있거나 선정으로 나아길 때를 근접 삼매라 부르고, 선정에 든 상태를 몰입 삼매라 부른다.

4. 불교에서 태초의 소리이자 신성한 소리를 상징한다.

5. 산스크리트어로 '호흡', '숨'을 뜻하는 말로, 생명 활동의 중심인 영혼, 생기를 의미한다. 성직자 계급 '브라만'은 '신성한 에너지'라는 다른 뜻도 있는데, 브라만과 더불어 고대 우파니샤드 철학에서 가장 중요한 원리 중 하나다.

6. 고대 인도 브라만교의 경전인 '베다'의 일종으로 인도철학과 종교의 근원을 이룬다. 일자一者, 일원론에 대한 사상은 《리그베다》에 근거를 둔 것으로, 헤세의 '단일성Einheit' 또한 여기에서 근거한 것이라 할 수 있다.

7. 고대 인도 신화의 창조주들 중의 한 신.

8. 고대 인도 브라만교의 경전인 '베다'의 일종으로 제식에서 선율에 따라 부르는 찬가를 수록한 노래집.

9. '베다'가 담고 있는 우주의 원리에 대한 심오한 사상과 베다 해석 방식을 담은 경전으로 자기 자신과 세상, 우주의 원리 그리고 그 상호 관계를 통해 아트만을 깨닫는 것을 이상으로 삼고 있다.

10. '진리 중의 진리'라는 뜻.

11. 삭발하고 떠돌아다니며 도를 닦는 탁발승을 일컫는 말.

12. 석가모니는 고대 인도의 크샤트리아 계급에 속하는 종족 중 하나인 사키야釋迦 족에 속했다.

13. 고대 인도에 존재한 왕국으로 불교의 발상지다.

14. 붓다가 25년간 설법하였다는 곳.

15. 부처가 가르치는 네 가지 성스러운 진리의 말로서, 인생의 현실은 괴로움으로 충만해 있다, 괴로움의 원인은 번뇌 때문이다, 번뇌를 없애면 괴로움이 없는 열반의 세계에 이르게 된다, 열반에 이르기 위해서는 팔정도를 실천해야 된다는 네 가지 언명으로 되어 있다.

16. 해탈의 길로 가는 여덟 가지 수행 방도를 일컫는 말로서, 정견正見, 정사正思, 정어正語, 정업正業, 정명正命, 정정진正精進 정념正念, 정정正定이 있다.

17. 라만교의 한 유파인 요가파의 경전을 일컫는다. '요가'는 '정신 집중'이라는 뜻이며, 베다는 원래 산스크리트어에서 '앎'이라는 뜻으로 쓰이다가 '지식의 책', '거룩한 가르침'을 뜻하는 말로 전용되었다.

18. 브라만교의 최고 경전 네 가지 중 하나로서, '리그베다' 사상과 '우파니샤드' 철학을 아우르는 과도적 사상을 담고 있다.

19. 힌두교의 신화에 따르면 크리슈나Krishna는 영웅 신을 상징하며, 악한 왕을 죽이고 악귀들을 내쫓고 세상을 구하기 위해 많은 업적을 쌓았다. 크리슈나는 농업과 목축을 관장한다.

20. 아그니Agni 신은 베다 신화에 등장하는 불의 신으로 인간을 관장하고 제단에 차려진 제물을 하늘로 운반하는 일을 관장한다.

World Classic writing book 22

필사의 힘

헤르만 헤세처럼 【싯다르타】 따라쓰기

초판 1쇄 펴낸 날 2024년 9월 30일

원   작   헤르만 헤세
펴 낸 이   장영재
펴 낸 곳   (주)미르북컴퍼니
전   화   02)3141-4421
팩   스   0505-333-4428
등   록   2012년 3월 16일(제313-2012-81호)
주   소   서울시 마포구 성미산로32길 12, 2층 (우 03983)
이 메 일   sanhonjinju@naver.com
카   페   cafe.naver.com/mirbookcompany
S N S   instagram.com/mirbooks

* (주)미르북컴퍼니는 독자 여러분의 의견에 항상 귀 기울이고 있습니다.
* 파본은 책을 구입하신 서점에서 교환해 드립니다.
* 책값은 뒤표지에 있습니다.